i

imaginist

想象另一种可能

理
想
国

imaginist

我与狸奴
不出门

黄丽群 著

云南人民出版社

风卷江湖雨暗村，

四山声作海涛翻。

溪柴火软蛮毡暖，

我与狸奴不出门。

——《十一月四日风雨大作·其一》，陆游

目 录

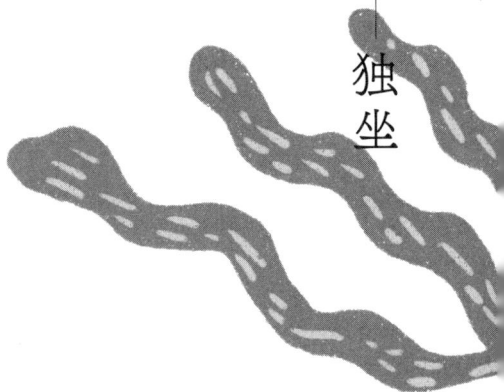

独
坐

与世界单打独斗

我并非有意识地开始写作，这句子听起来很怪，好像患梦游症或鬼上身（虽然说的确，任何创作活动多半有梦游或鬼上身的成分），但你明白我的意思。从小我是班上那个不说多说、不动强动的女生，是那个写国语作业胜过制作美劳或做实验的前十名，是那个让家长安心参加家长会的小孩。凡事最多也就是在课本上乱涂鸦或者懒得抄笔记。学期末成绩单上一般有四字点评，每年我收到的都是些简直不知在说谁的"循规蹈矩""温文儒雅""知书达礼"；当然偶尔忘了带手帕卫生纸，也会被竹条抽手心，被抽过手心也会大发恨愿："以后我也要当老师，你小孩就不要被我教到，我天天打他。"

就是这样一般般地长大的，因此实在难以解释为何会走在这条不算康庄的道路上。或者也可以说根本没想过自己要去哪里。我明白世俗价值长着一张怎么样的嘴，我合理而小心地满足它的牙齿，得以避开大部分的咀嚼或唾吐，想一想它对我也还不错，也有一些趣味，未必都是厌倦，但我内心不带什么表情。英文有时说："Life is a bitch."（生活是个贱货）现实种种之于我而言也是个贱货，我们彼此皮笑肉不笑，我们彼此各取所需，一概貌合神离。

然而在这不关心又深深无可避免之中，有一天我忽然发现，也有一件事，也有一种方式，让世界无从介入，不可介入，即使是人类侵略性这么强的同类都难以剥夺，无论是敌是友都只好隔岸观火，这件事叫作创造，它最原始的形式是生殖，以自己的基因造出新机体，携带各种最微小征兆在时间里漫长地传递或突变，世界上毕竟不会有同一张脸，不会开同一簇花，但它们的讯号一直都在，堆成人类生活神光离合的沙丘，成为三千年后一念想，五百年后一回头。我想，包括写作，任何创作活动，无非都是这样一件事。

§

那是一九九七年，网际网路行世未久，Google 要一年后才成立，Facebook 七年后才草创，笔记本电脑是非常贵的商务用品，拥有行动电话者十不过三四；我刚上大学，选读哲学系，上过几个礼拜的课后发觉不大有兴趣，学校与同侪规规矩矩，没什么不好，但我与环境之间似乎也无话可说。

我常常翘课，应该说是几乎不去上课，六年来书念得很支绌。没错，是六年，因为中间为了避免成绩太差遭到退学，技术性休学两次；同届同学硕士都读完我才领到大学毕业证书。说起来也是少壮不努力，日后想想也有点后悔，那时若用功一点，今日学问也不至于这么差。六年过去我就是无系统勉强读了点自己喜欢的东西，在家里上网，东看看西看看，偶尔打开电脑的纯文字记事簿写点东西。那总是在半夜，电脑键盘敲下去一键一响都是黑影踩涉脑海的震动音。写了有时会张贴给认识的朋友看（例如当年还在远流出版社工作、才三十出头的傅月庵君。我们也是"网友"起家的……），有时也未必，一个档案开始了，完毕了，随手轻飘飘覆在电脑桌面结束这一回合。

说起来，写作上我与同辈比相对算是非常晚熟，历程也短，简直杂乱无章，没有师门或背景可言，也不曾参与青年的文艺活动或因此认识互相开启知觉的朋友。的确是网路这东西制造了破口，某种程度抹平了旧有的线性传承结构，也接受了一个像我这样常在状况外的自了汉。二〇〇〇年傅月庵怂恿我把大学几年的稿子交给他出版，出了之后我自己也是撂爪就忘，继续瞎混，毕业，进入职场。业余时间一点一点地写，有一搭没一搭胡闹三五年后心中茫然，试着把手上写的小说稿子投给文学奖，运气很好，得到几次，比较明白这之间技术上的操练不是全无结果。就这样直到现在。

§

然而写作这整件事，是可以像此时此刻如此"被诠释""被写作"的吗？这两年因应一些邀稿场合，的确写过一两次这类稿子，但只是愈来愈怀疑，愈感到徒劳，也很心虚。我一路写得其实不多，过去十多年也一直有正职工作，之所以未敢选择成为全职的写作者，其中一个原因是我不认为读者或市场在供养或支持创作者上有道德义务，那么，作为一个基本的个人，入世，尽力理解世人与世人的行事（不管喜不喜欢），以及保持自立的能力和条件（不管需不需要），在我而言或许是比献身于创作更优先的事，同时我也没有胆量在物质上陷入过于不安或依赖的状态。做一个依赖的人实在过于大胆。近年我对"专职／职业创作者"的"职业"有比较不同的理解，既然称为职业，就代表有老板，它或者是国家，或者是读者，或者就是自己（当然也可能混合持股啦）。我既选择了自己，那么，分身赚点钱自行赡养之，似乎也是合理的吧。

另一个原因是生活完全抽空现实空气，或许并非好事。创作不能被"养"得太好、太安闲、太尊贵；但也不能太折损、太潦倒、太孤绝，像小说或电影艺术家穷到吃土，没有暖气，每天只喝一碗清汤粥，被房东赶出去，一只眼睛已瞎，牙齿掉好几颗，最后支离病骨燃烧出作品如流星壮绝冲击地球的冲天磷火……大概因为这典型的想象既充满奇丽戏剧性，又具备安全的满足感，实在难以割舍，毕竟别人的牺牲总是最有参考价值，导致创作者常担心自己若不忍痛吃苦反而成为一种伦理缺陷，但或许……健康一点也没关系吧，生活条件稳定一点也没关系吧，让生命慢一些长一些，持续地去抵触，去爱去恨，去记去忘，去成为一根尖刺，但也去成为一场拥抱。

所以最大难处对我而言，大概是如何不断调度各种现实条件，找出适切的抵抗位置，持续地代表自己向世界顶嘴。向世界顶嘴并不意味不断反射地即时地对各种现象发言（啊，这脸书时代），它其实极可能非常沉默，是意志里一砖一瓦的筑堤，只为了预备抵抗某一天某一刻忽焉而来的灭顶与侵略。创作者常常抵抗，问他们抵抗什么？各种答案、威权或极权、不认可的价值、庸俗、惯性、遗忘，其实都是殊途同归逆贼反乱捉拿现世破绽的一份心。是不安于室，就走出门，在天地的夹缝里站成一个疙瘩。

每个有机个体终究经历的是剥极必复的过程，时间真少，性命真短，人类生活真孤独，意义太虚空，因此我想以我而言，写作其实也没有什么玄而明之的道理，无非就是在各种可能时候，全力争取一点不为世人世事所缚的口吻，争取一种坚硬态度，谁也帮不上忙，谁也不必帮忙。大多时候那当然很痛苦，并不快乐，也并不享受，因为写作就是像疯的一样自己为自己穿上束缚衣，在精神的密室中争战矛盾厮杀，攻击思想，掠夺意义，但是，作为一个人，我以为，与世界单打独斗是种高贵的练习。

叠叠乐般的地狱与天堂

有个不怎么科学的说法如下：世上有两类型人，一种在群体中呈充电状态；另一种则悲惨地根据能量守恒原理自然呈漏电状态。充电状态者总是"活泼泼的"，漏电状态的人正好相反。我完全是漏电那一类，童年排斥营队活动，少年厌恶家族聚会，感到成年最大的恩惠是终于能够不想出门就不出门，不爱见人就不见人，并且十分欣赏各种不被打扰的嗜好（最重要的是，它们可以理所当然作为不被打扰的理由），例如拼图、手工艺、跑步机、坐在衣橱里（当然是童年个子还小的时候）。噢对，我且永远选择角落或两侧无人的那部跑步机。独处对我是天堂。

所以有时在内容农场（或自我成长书目）里看见各类苦口婆心的套语或诘问："如何与自己对话""和自己相处的

十二步""享受孤独的况味""你知道孤独与寂寞有什么不同吗？"或者"给彼此独处的空间"，我既理解也不理解：我理解它为何是个议题，不理解它为何总带有教示意味。躲懒避静或许只是怠于应付同类（像我），天性趋光也未必就是没办法安顿自己：有些人偏偏喜欢看世界，也喜欢被世界看，不行吗？

乐于独处或擅长独处，会不会其实无关境界高下呢？或许它就是人在年富力强时一份特别的红利。表面上，独处是牵涉精神与安全感的问题，是无所住而生其心的问题；实际上，它非常现实，它谈的是健康与经济的条件，是不过度旺盛也不衰弱的体力，是因春秋正盛而对人世保持最少的恐惧与合理的兴趣。一切成本和拥有良伴同样地高昂。

当然独处不会只是物理式的数人头。就像一个人蜷在密室的被窝中央，仍能向世界打开一切或被世界打开（看看他边刷instagram 边传 line 边吃吃笑那傻样子）；有时两人或众人之间的编织与对话，漂亮得像星星堆满天，过后才发觉那不过一场观落阴。他人即地狱，地狱的恐怖其一在于除了地藏王之外没有谁真正具备下去的心意与能力，其二则是我们常常误会自己是地藏王。因此对我来说，独处的奥秘有时是化学作用，是时间而不是空间，是精神里偶发元素反应的千分之一秒，那很难解释，大概是人事物地在杂乱的排列中相撞了，产生强光，照在一个理解以上而顿悟未满的位置，像电影里夸张插入角色内心独白的桥段，不管什么场景都啪一下四下全暗掉，只有一个人与一道聚光灯。有时我们独处，是为了奋力排开世界，以求取这千分之一秒的降临；但也有时候，这千分之一秒刹那奔来，弹指就退下万物，留下你与你心里一点写亦不能写，说亦不能说，只有你与神祇之间明白的意思。

因此独处最可怕不是别的，而是太亮了，难免丑态毕露。就像假日若哪里也不去，未免就有点邋遢，歪歪倒倒的，谁一个人在家走来走去擦地板吃泡面时，还配合了适宜打光的全妆与盛装呢？（如果有，那其实是个很好很可怕的故事角色。）世上没有什么比自顾自更舒服的事了，而所有的馅都是舒服时不小心露出来的，数千年前思想家已经提醒他的追随者"慎其独"，自己对自己无意袒现思想，往往令人沮丧：这一段无法超越，那一段不太清明，所以就别再说他人是地狱了，最需要普渡的根本是自己；也常听女明星受访的口头禅是"倾听自己内心的声音"，这也是很好很可怕的建议，我的意思是说，对于即将听见的事，大家真的有心理准备吗？当然，我从不怀疑人能对自己说谎到什么地步，这或许也是独处真正困难的原因，一手瞒自己，一手又拆穿，独处就是这样一个叠叠乐般的地狱与天堂。

全家不是你家，银行才是你家

美国发生过这样一个案子。密西根州一名女子 Pia Farrenkopf 约于二〇〇九年死在家中车库的汽车后座，二〇一四年才被发现；之所以被发现，乃因银行约有一年未收到房贷汇款，催缴无着，径行查封，并派维修人员进屋巡视两次。第二次才发现车子里倒了一个人，遗体已木乃伊化，只能推断死亡时间，确定没有外伤，房屋没有外力侵入迹象，无法判定死因。

因为非常诡异，官方试图厘清她在二〇〇四到二〇一四这十年究竟发生什么事；当然，最后五年其实没有发生什么事，她就是坐在车里而已。但正是因为"没有发生什么事"才让一切显得非常有事：这五年来她的房屋看起来毫无异样；她的信箱不曾被塞爆，干干净净连张广告单都没有；她的草皮像是停止生长，持续整齐；她的水电规费从未迟缴；甚至还有她二〇一〇年州长大选的投票记录。

调查一整年后，答案是这样的：她生前非常讨厌收信，曾多次和邮差表示："可以不要送信到我家吗？"邮差说这是法不合，后来她的信箱开始堆积，当堆积到一个程度，邮差就整包带回邮局，归入招领邮件，然后继续送新的信进去（以下循环）。水电规费房贷都是自动扣款。（二〇〇九年左右她的账户尚有八万多美元现金，于二〇一三年扣完。）

她长期请一位社区邻居帮忙除草（她住在中上阶级的郊区），固定付钟点费给他，她失联后，邻居还是继续帮她除草甚至铲雪，原因是："反正我也要除自己家的草，就顺手帮她剪了，虽然她没有付我钱，但如果她家庭院脏乱，会影响周围房价。而且一间过于明显的空屋也会招来小偷盯上这个社区。何况我还可以把我的卡车停在她的车道上。"后来这位邻居搬走了，就由另外一位邻居接手整理草皮的工作。原因基本同上。（真不知道这一切算冷淡还是温馨。）至于投票记录，据说是资料注记错误。

这则新闻底下我个人最爱的一则留言是这样："你死活都逃不掉银行的。"（Dead or alive the banks will always get you in the end.）不过大多美国乡民对这个新闻的反应，仍是"好悲伤"或"难以置信"。我倒不觉得。生与死都难在洁净，但她很洁净。周围的人也顺手成全这洁净。其实想起来，孤独死是悲剧吗？我以为孤独不是悲剧，死也不是悲剧，孤独死当然也未必。悲剧是死不了，以及至死仍黏答答地期待送往迎来，如果非要让我说孤独死这件事惨的一面，应该是它往往不自愿地获得不必要的自以为居高临下的同情。同情一向不是什么好东西。

在十二月

十二月的每一日跟其他时候的每一日没有什么两样。任何文化惯用的历法都只是说法的一种，除了气候、衣着与太阳的起落时间之外，它在生活中没有实质不同。在十二月时你跟一月同样吃面包与米饭，跟二月同样缴水费电费网路费，跟四月同样喂着小孩小猫小狗，跟八月有一样的喜欢以及一样的不喜欢，也和九月一样，呼吸停下时就离开。

然而人类懂得把无边无际的时间折叠起来。小时候我常想象一个没有历法的世界，忧心忡忡地烦恼如果有一天日历都消失，那该如何知道自己是否已经长大，会不会哪一天变老了都没有概念。当然这是个傻念头，变老或长大的本质，其实和时间并不相关。我也常幻想如果没有年月日时分秒，想着想着就严肃地发慌，那可真不得了啊，如果全世界手表上喊嚓喊嚓不起眼的随手一折就碎掉的秒针再也不响不动静，所有的秒好像会瞬间彼此磁吸成地球那样庞大的一整颗球，把人类的生活与文明都压碎，坐在没头没尾变成飞灰的世界里，时间像是十亿张铺天盖地飞散开来的方形彩色纸（国小美劳课上常用的），把眼耳鼻舌身意都掩盖。不过，若有节令为刀，我们就能把色纸裁成条，把纸条粘作圈圈，再将圈圈扣成长长的套环，这些套环绕在身上，从此安心了。

于是十二月成了曲折的时间。一切都是将到尽处，一切都是又要回头；后悔的反正都已做下，不后悔的也终究要褪散。日文称十二月为"师走"，据说是描述一年将尽时僧道四处致送法会经书的场景，十方三世的往返周折，都是同样一条从来处来又要回到去处的路。四月残酷，七月流火，十二月却是踌躇。

十二月踌躇，十二月是"不得不"。拒绝结束也得结束，懒得开始也得开始。我想没有谁会因为日历撕到最后而法喜充满吧，即使这一年过得再不好都终究会迟疑，这是人的惜情。我记得二三十年前常悬一种纸历，纸上印了大大的数字就是一天，而每一天都很薄，每一天像身体上一片皮被揭开又放弃（爱物的家庭会留作小孩的计算纸用，或吃饭时垫鸡骨、水果籽）。我们这一代人童年作文的套语之一即包括"岁末年终，墙上的日历原本胖胖的身体也变得消瘦"（啊，十二月也特别容易想起小时候），那时我常想向老师回嘴："但过了最后一天它又马上胖起来了啊。有什么好可惜的。"但十二月的确特别让人感到一种既抽象又具体的瘦，那瘦并不枯瘠，反而像伸展台上的身体一样充满了空间与说法，又被深长地凝视。时间和此代的时尚一样是愈瘦愈有存在感。

十二月暧昧。十二月的暧昧来自它疲倦中一点一点有光亮。不知什么时候开始一到十二月总是要打起精神欢天喜地一下，西洋人过耶诞节，日本人办忘年会，在中国台湾则什么都来一点。济慈曾写一首诗《在夜郁的十二月》（In Drear-Nighted December），对于一个活在十八世纪末且患肺结核的英国人而言，他对冬景的抒写可谓别开生面，他不说季节严酷或者风寒叶凋，不说雪像老人的白发，却说结晶的树枝未免太快乐了吧，都不记得夏天的绿意；小溪中带冰晶的水泡与涡纹也未免太快乐了吧，都不记得阿波罗夏天的倒影（其实南半球的十二月正是夏天，阿波罗大概只是去避寒）。最后他说，那些为了好时光逝去而伤心的人，如果都能像十二月的冬夜一样，能爱也能忘就好了。这很有趣，他诗体中的光景不算太阴暗，口吻也不泛滥（甚至都有点儿幽默了），但诗题中的"夜郁"却提醒读者十二月缺乏同情。然而这正是十二月，在北半球，十二月比十一月进一步地寒，气质却不如它决绝；比一月退一步地暖，态度又不如它振作。它不是阴郁，不是狠心，只是进退维谷，它只能笑笑地快乐地忘。

当然这辩解也可能只是我偏心的脑补。我生在阳历十二月里，又因为是最后一天，住家顶楼能够看见台北一○一大楼著名的跨年烟火，所以总是会邀请亲近朋友当日过来，晚餐甜点都吃完，大约午夜十一点五十分，就群起嘈嘈而出，围着围巾登上顶楼（那里已经挤了许多人），众人在那充满仪式性的、黑色的、还没有光线爆出来的时空里，即使熟悉也像素面不识，即使陌生也像同船一渡，一起等待全城巅峰为大家燃烧三分钟发亮的浪漫的金钱。尽管理性也知道，日子里除了生死与豆腐之外没有什么能够一刀切，十一月三十日与十二月一日无甚不同，十二月三十一日与一月一日无甚不同，烟火前或烟火后的五分钟当然也无甚不同。可是感性上，它们不一样，它们的不一样正来自人类叙事的诗意，这诗意为所有人抵挡冲刷，让生活免于被完全削成屑末；实用者当然常说诗意无用，种不出米也养不活牛，可是如果没有它，十二月就只是一个"每个人都往死亡更进一步啰"的小提醒；如果没有它，人类的精神是彻底难以面对自然律之庞大与毫无慈悲的。

理想的老后

老年永远不会理想的吧，不管再怎么说。因为生为一个人就不是太合乎理想的事。因为人会变老本身就是最不理想的事。

何况老年难以定义。说是线性进程偏偏又根本没有任何终点线拉在哪个位置。如果六十岁能称老年，那五十九岁半算不算呢？人还非常依附家族的时代，老年与岁数关系似乎不大，讲究的是死去活来地提炼，是被上一代的坟头与下一代的背拱上去，例如《桂花巷》里写剔红，三十出头盛年美貌已俨然老封君。反过来是《怨女》里有个闪眼即过的人物叫"大孙少奶奶"，因为辈分低，"抱孙子了，还是做媳妇，整天站班，还不敢扶着椅背站着，免得说她卖弄脚小"。我相信这个"大孙少奶奶"的心境一直都有少年的动荡与中年的不安。

而细细碎碎泼泼洒洒的这时代，老去这种过去很笃定的事也变得模模糊糊恍恍惚惚。

有一阵子我母亲看电视最烦就是新闻称呼五十余岁的当事者为"老翁""老妪"。"我哪里像老妪！我像老妪吗?""不像。"我没有敷衍她。的确她直到六十岁时外貌都相对地年轻，甚至是她常常感叹自己已经望七了的现在，看上去还是蛮精神（但是我最好不要再加"矍铄"），并不像普遍印象中的七旬老人。

不过这时她已经不再抱怨各种关于年龄的说法了。她变成："噢，我现在去哪里都有优惠耶。这也不错。"

此前我带她到日本玩，去东京六义园看夜枫时，她注意到售票口有张公告大意是六十五岁以上半价，我说这或许只限日本国民，我日文不好也懒于多费口舌，那就是两张全票吧。她一句日文也不会讲，反而兴冲冲说不然她去买，我说好吧。拿着护照去。的确成功了，得意洋洋地回来。"哎呀，省了一五〇日元。老了也是有一点好处。"她说。我说还真是。

§

有时我猜要抵达理想的老年，必须先顺利地、不受伤也不伤人地、最好还能保留一点兴致地，完成了"认"与"服"的过程。不是屈从或者退守，不是所谓的认老或服老（它们总是有点无奈，像是被逼和了），而是清澈的认识，自在的服帖，终于宽敞的安顿。有点像在夹天绝壁间驾驶飞行器，出去了就是出去了，从此不同。但航程终究靠些运气与天性。

当然，理想的老年也跟任何理想一样，也跟最纯最纯的黄金一样，靠一点庸俗的杂质支撑（如果有人告诉你理想必须是张不能写任何字的白纸，他是诈骗集团），至少健康状况不能太坏；与壮年相较至少还剩六成的行动力；物质面也不过于困顿为宜，各种层面都无须仰赖谁的手心翻覆。生活里人多人少不完全是重点，但没错，就像朋友说的，大概还是要有能对骂的晚辈比较好吧，像电影《东京小屋的回忆》里的妻夫木聪成天跑到独居的姨婆多纪（倍赏千惠子）家顶嘴，怂恿姨婆写回忆录，一边读又一边怀疑老人的记忆不尽不实，还蹭炸猪排饭吃。

多纪姨婆坚持一个人住，也一个人死去，有时会看到一些独居者（大多是老人）孤独死的新闻，底下就有许多留言感叹，好可怜或好可怕，对我来说这感想有些难解。我是说，第一反应的可怜或可怕或许也没错，但为什么大家必然直觉一种被围绕、被拉扯、被记得的死亡才是正确的好死亡呢？那样死去难道不也是同样的腐烂吗？为什么我们不觉得或许有人也安然领受一个安静的、寡淡的、万缘清洁的结尾？好像太习惯一切都要热热闹闹，要苦苦抓住谁的手。谁的手都好。

因此有时我猜理想的老年就像多纪姨婆，一个人过两个人过或许多人过都一样，那样地泰然，对待过去那样地毋枉毋纵，也接受了人身被自由意志与天意交相把持后的种种结果。不闹着讨任何人摸摸。仍然保有足以痛哭的回忆，却非常明白这种回忆多贵重啊，不能随意拿出手沿街叫卖。为什么我们这么怕被忘记，怕被放开呢？或许理想的老年甚至不是"被（最好是许多许多）人惦记"，而是很确定自己还记得一件足以怀抱一生的事，知道自己活一次就是为了它的事。

其实我常感觉老境之于任何人，其实没有那么远。也跟灵魂老不老无关，每个意识到身心在走下坡、自觉衰弱的时刻，都是一次小小的老年生活。例如病时、宿醉难醒时、嚼坚果崩牙时、饮食无滋味时、感官迟钝时、记忆走钟时、腰弯不下去时、怕吵时、万事不关心时。前阵子看了一部神经兮兮的电影叫《约翰最后死了》，细节在此不表，总之故事中有些设定，不将时间看作一条长河，倒像是琐碎分秒各行其是后纷纷汇聚的海洋，好像一个人，大概成年之后，就每天都会有些觉得自己"很老"的时间吧（只是渐渐会愈来愈多而已）。我常感到，所谓的老年生活，其实早就到了，例如说吧，在买半价门票的这件事情上，我母亲的积极性，那可是比我年轻太多太多了。

一个人走，如帝王的梦

　　春天时我去了日本，从东京走西北往金泽去。先看见千鸟之渊的"吹雪"，而后是兼六园与犀川的"满开"[1]，樱花柔质，但性子也极烈，娇养难测，因此这接近完美的倒带其实不在预料之内，好像大神慈悲手指拨了一下沙漏，景片在最好时光段落沙沙地重卷，似乎是说旅人远来一趟，不好意思让他空手而归。

　　为了便于搭乘新干线，我住在东京车站旁，午后一抵达放下行李就出门，当时已经下了两三天的季节雨，天低低的，预告此地花期即将收在一个不惹事的中音上，整个城市像穿着淡

1　"吹雪"指的是樱吹雪，即樱花花瓣随风飘落如雪的场景；"满开"（日语：满開）是"完全盛开"的意思，常特指樱花盛放的景象。——编者注（若无特殊说明，本书注释皆为编者注）。

灰底粉红细纹毛衣的女孩子，黑发刚洗过，吹八分干，淡香湿润洁净。

说起来没什么道理，但东京总是给我十分女性的印象。

循皇居方向往九段下行进，算是反着走（大多攻略会建议游千鸟之渊该由九段下开始），冷雨微微，风时来时去，一抬头都是花瓣飞散如星子扑打宇宙，河岸面东第一排高级住宅屋内灯光随夜打亮，半空一方一方浸在雾气里像威士忌酒糖，我边走边猜，凝结在那里面的人们恐怕对千鸟之渊是看到不要看了吧，然而他们与底下行人的爱恨伤心并不会有什么不同。

拥挤的夜樱路线让我忽然意会到日本是没有一个人赏樱这种事的。甚至成双成对组合也不算主流（大部分也是观光客），最主要还是同事同学热闹结群，树上是一团团，树下也是一团团。树上华期将散，树下也不知聚到何时。

我就东张西望地拍照，随走随停，随时改变主意，并不孤寂，也不艰涩难行。

像这样自己走，"倒行逆施"，总觉得像帝王似的。一个帝王，未必注定要孤独或者寂寞，但有一些最神圣隐秘的理解之境，他永远只能一个人去。

§

　和特别的人或者朋友同路，那是一向不错，也有些很好的回忆；带家人出门，勉强也还可以。

　但我仍然非常非常喜欢一个人旅行。

　大概有阵子常自己出差，关于这事我从不犹豫。独自旅行感觉真正抛弃了生活的旧身体，像娃娃机里的小玩偶忽然被拔起来，暂时被扔出那个看得见远方却出不去的、名为日常的亚克力透明箱（甚至还不是质感比较好的玻璃呢）。这几乎是唯一一个不会有人随时与你讲母语、不会有人随时与你谈过去、不会有人提醒你本来是谁的时空。你完全就是你，也可以完全不是你。任何形态的旅伴都将破坏这完美的真与完美的伪。

　一生有多少时间能如此呢？不想说话就不说话，不想配合就不配合，想睡就睡，想起就起，不委屈自己，不委屈人，凡事做到做不到都没有压力；过去不会追来，未来还不必去，一个人走，绝对当下，你就是你自己的君主，精神的小宇宙都要霸气外露。

　日本又特别适合一个人自助的新手。资讯丰富安全便利之外，最有趣的是能够体会这社会的集体视线感。以城市为主的行程，我装束常如平日出门上班，听耳机不开口快步在街道乱走，若没有明显观光客动作，第一时间常被误以为当地人；而一被误以为当地人，往往就被纳入他们眼角余光如红外线扫描的网罗。

日本人似乎极擅长以这种不正面交锋、细腻擦边球的余光交错，彼此牵制、彼此观测，看你行动是否合规格，看你脚步与这大都会的搏动节奏是否配合得刚刚好。或一旦他们认出你是外国人（例如，与旅伴以母语交谈时），则会巧妙而不无一点优越感地，将你赦免也是将你筛出这无数场无时无刻进行的资格考。

作为观光客，自知不必长期在日本人这视线感里生活，一开始也有扮戏的新鲜。毕竟人大致都爱演戏。不是坏心那一种。然而一天下来回到旅馆房间也多少觉得精神上有点喘。伊藤润二画过一部短篇《无街之城市》，整部作品都是窥视、面具、眼睛、赤裸、侵门踏户等元素。我想他那时可能有点受够了。

§

到了金泽就松动一点。金泽没人。

东京直达金泽的北陆新干线刚开通，石川县还没开始铆足全力地宣传这加贺百万石[1]皇冠上的宝石之城。停留的那三天全城樱花虽然高浓度大满开，整个城市却淡极了。（搭新干线时，整个车厢竟只有三个人：一个西方背包客、一个我、一个日本老先生。）

晴天的下午，在银座天一的金泽分店吃过天妇罗，买了以泉镜花为名的最中[2]与一罐樱花茶，我就沿着犀川漫无目的地走。要走很长一段才能遇到几个人。身边唯有河水声浩浩不可穷。

偶尔能看见远远的对岸有三五个着制服的少年少女在树下野餐，吃得很清爽，水果、面包与罐装茶，几个斜斜坐着聊天，两个在旁边抛接飞盘。他们背后铺开一层新草的碧绿，又铺开一层淡粉色的樱云，又铺开一层全世界每一颗蓝宝石都不配补它的天空。

那几日恰好寒流（当时东京都内竟在四月下了雪），冰清的夜里我吃过拉面，穿小街巷走回饭店，街灯照在灰石砖的斜坡，一对可爱的高中生各牵一部脚踏车并肩走下来了。低声说

---

1 加贺藩是当时日本最大的藩之一，领地年收入超过一百万石，加贺藩的首府就是金泽，因此金泽也被称为"加贺百万石"的代表城市。

2 最中（もなか）是日本传统和果子（日式点心）的一种，其名称源于平安时代的典故"最中の月"（满月），象征圆满与雅致。

话的是女孩，男孩很沉静地笑着，天冷成那样，两人的衬衫外只有制服西装外套也不瑟缩，果然是北陆儿女。

后来扫起一点风，他们靛蓝的肩膀上落满了暗花。

看过金泽如此富甲一方的满开，我发现日文汉字直写的"花见"比意译的"赏花"令人喜欢。"赏"这个字似乎一厢情愿，有点自以为，甚至有点居高临下。然而实情是花在那里，不管你赏或不赏，花都是花，它自生自灭，就算你真是天皇，在它面前亦无立足境。杜鹃不叫，杀它拐它等它，樱花不行。

"花见"更接近平视的角度，更接近偶然的美，更接近人与天地的知遇。知遇如此难得。

§

在金泽日日奋不顾身地走，再回东京时才发现伤了左脚踝，肿起来，有一整天动都不能动。

一个人旅行完全开发出我横征暴敛的偏执面，每天不管不顾走十小时以上的路，行程表甚至定到几点几分那样细。不过，金泽的公车并不准时，关于这点我倒是有些喜欢。

脚不能动，就躺在饭店床上快乐地睡饱觉，看电视，上网，卷着被子打滚。自得其乐，不拖累人。一个人旅行的确跟国王一样，不宜太年轻，太年轻穷于应变，也不宜太老，太老血气衰弱。大概就是脚伤一天能好的程度最宜。

真不能错过这时期啊。其实再早再晚都负担不起这称孤道寡的选择。偶然在脸书上见人写一段意见，大意是出门旅行若没有陪伴，无论如何得找一个，否则很凄凉。我想想，其实也没错，世事无非各种交换。就像与人维持关系与生活，多半要以各自的折让交换；一个人的旅行，大概也要以一点风险、一点热闹与一点摩挲取暖相濡以沫交换的。

当然未免有点坏心地想：没有人陪就不愿走的话，可能是从来不明白维持人情与对话里的优雅回环多么累人，又多么值得以一点代价为自己豁免。才会宁可拉上谁都好，粗手大脚乐呵呵的日子的确是比较好过。

其实说到底，不管几个人，没有一条路真正孤独，也没有一条路真正能不孤独。

离开东京那天是周日，清晨抵达滨松町，要搭单轨电车进羽田机场，然而拉着行李上电扶梯时，小登机箱不幸往后栽倒，又大幸地后面没有其他人。我扶着另一枚较大的行李箱，逝者难追身不由己一直往上去，远远看着它跌在扶梯底下，很艰困，喀噔喀噔地挣扎。后来不知怎么回事让它乔稳了一个角度，居然慢慢被输送上来了。

后面有乘客出现。个个都很冷静，像什么都没看到就这样跨过去，非常有趣。我也很冷静，一面道歉一面夷然地站在那里等着它。

这大概是我此次一个人旅行唯一遇见的麻烦事。到了机场也还是买了些薯条三兄弟或 Yoku Moku 蛋卷什么的，很顺利地回到原本那个皮笑时肉不能不笑的生活。旅行或者王图霸业，都是这样的，往往如南柯一梦，而在下一次的出发与抵达前，就仿佛一直在那里漫长地失眠。

回头整理这些稿子时，发现不知不觉写了一些避世之事。

仔细想想，写它们的时候，生活充满人烟，几乎是雾霾。或许这跟年纪有关，例如我的猫，年轻时独来独往，其独来独往的程度是即使在小小几十坪[1]的公寓房子都能想尽办法独来独往。然而到了晚年，它忽然变得非常依赖，人从外面回到家，猫就从房间踱出；人拍一拍沙发，猫就爬上来，整晚坐在一起。

我仍觉得我们所处这现世的问题并不在疏离或孤独。有个已经显老的感叹是，大家聚会时不再看彼此的眼睛，也不聊天，只是沉默对住荧幕。这说法让我腻透了。我倒觉得它帮助大家过滤那些其实不太想见的人、其实没有意义的聚会（特别是家族聚会）。说得露骨一些，这时代社交

1　1坪约合3.3平方米。

资本的交换与展演早已经不在线下，人对孤独的排斥感大概是前现代残留的本能，确实，在从前孤立有碍求生，例如日本的村八分[1]，但我们早已经不是活在那样的世界了。在今天，若有几个人，愿意约出来吃个饭，而且约得成，那确实是真正想见对方的面，就算半途纷纷分心刷起手机，那代表不必找话说也可以，各做各的事也可以，这里面反而有一种家常的安静。安静比热闹更亲。

更何况热闹这件事，往往是凑出来的。而"凑"这个动作，难免不雅。

将主张隐隐相近的作品分类为一辑，自己也觉得是否不免笨拙。不过后来想想，对于不排斥或者很喜欢独自蹲在墙角的人而言，应该无妨；对于讨厌孤独的人而言，光明正大一次把这件事说完，便也不会让人觉得不时被这个主题偷袭，也算干脆。于是就这么办了。

1　"村八分"（むらはちぶ）是日本历史上的一种社会习俗和惩罚制度，指的是对违反村庄规则或破坏集体利益的人进行集体排斥，使其在村庄生活中被孤立。

犯口舌

吃点什么，喝点什么，说点什么骨鲠或带刺的话，吞吞吐吐的人类生活。

一直也没有意识到陆陆续续写了各种口舌有关之事。对于吃东西我其实很草率，有好东西，也吃，也喜欢，也颇觉乐趣，然而如果让我选"人不必吃东西"与"人得吃东西"，我还是选"人不必吃东西"。不过，不吃东西，省下来的时间与精力，想想也不知道要干吗。所以还是吃一吃吧。简而言之，我对吃没有执着，也没有专注讨论的兴趣，对于以厨房与饮食为主题的电影也极为无感，但很奇怪我一直喜欢看人写吃，也喜欢看人写烹饪，顺带一提，这一两年看见觉得最好的饮食写作是香港作家与音乐人于逸尧的作品，可惜台湾没有出版。

现在大家找餐厅，研究食物，先看 IG 图片（也因此出现一类适合拍照不适合吃的餐厅），但我还是感觉只有写出来的，真能见色闻香得味，影片不行，影像不行，这大概意近于那句老话：真正的色情在双耳之间而不在双腿之间。欲望全都是灵魂的漏洞，我们以物质与器官，一生徒劳地填充。

如果在冬天，一座新冰箱

农历年前我妈换了新冰箱。虽然旧的那一座其实也还好，十数年如一日修长高冷、玉面如银，该冻肉时冻肉，该制冰时制冰，门没关紧永远忠实地响警告声。灯泡甚至没有坏过一次。只是我妈长期嫌它不得力，冷藏室装一只生鸡、一锅炖肉就周转不过来，胃口那样地小，像一个节食的人，厨房里最不需要的就是一个节食的人。我常常看见她蹲在那儿，脚边围满生鲜，斗尽心智排列组合，在最有限空间里筹备出最大的宽容，冰箱门好像看牙医的嘴，开得太久不断哔哔叫，简直像在哭了。感觉两方都十分苦恼。

我认为运用如常的器物毋须特别汰换，也主张大家都不妨少吃一点。显然我妈不作此想。她说："总之我就是想要一台大冰箱啦。"但如此一来，我反倒领悟了，这完全是 iPhone6

宣传词"岂止于大"（Bigger than bigger）的道理：一座够大的新冰箱也岂止于冰箱，它是一种想象，一种意境，一种可能性，它富有召唤家庭生活最好愿景的潜力。最后她买来的几乎有原先弧线窄身那架两倍分量，方口方面，杵在公寓厨房里好像在屋内养了特洛伊的木马。

然而事实证明，这头木马恐怕是我家今年最好的消费决定。此后有段时间我妈经常要我观赏它是如何地难以填满，她自己则持续处在一种若有所思与踌躇满志的轻快状态。并不是我的脑补。某天通电话，她听起来非常愉快，我说："你是不是一整天在家里走过来走过去，一想到这个冰箱就非常满意？""你怎么知道？""是不是还一直盘算接下来要买什么放进去？""没错！你怎么知道？""想也知道。"

五〇年代美国胡佛（Hoover）牌吸尘器曾在圣诞档期刊一幅广告，画面中斜斜趴着绿裙流荡读着小卡片的美丽黑发少妇，旁边是一台系了红缎带的吸尘器，文案写："胡佛吸尘器，让她的圣诞节更开心。"（Christmas morning she'll be happier with a Hoover.）意喻服事家庭劳务实乃身为妻子的恩福，视觉与思路可谓严明中带慈善，天父地母一样包裹着读者，是近代广告中性别歧视与刻板印象的经典案例之一。现在看，当然还是荒唐，但我妈的冰箱让我想起它。例如说，若此刻有电器品牌广告表示："某某大冰箱，让妈妈的春节更开心！"我想必会十分积极地嘲笑起来，然而这令人有点生气的宣传词今日发生在我家。

我有些迷惑。这欢乐该被当作一种退步吗？仅仅归纳为性别传统制造的因果，也不是不可以，此刻我却忽然迟疑这会否也是对人类情感的轻薄？谁能去决定谁的情绪比较优质，谁又比较落后？有时人难免在他人的乐中看见可惜，在他人的怒中看见可笑，但这看见本身是很昂贵的，这看见的代价有时甚至不是自己付的。

§

也或许，我之所以迷惑，不过因为冰箱这东西看上去老实，实则妖言惑众。物理上它冷，情感上却富有热量与光泽。你看饭店房间的 mini bar 小雪柜，放着口袋酒、士力架、苏打水、气泡饮料，那么普通，偏偏那么诱惑，说不定就是愈普通愈诱惑，因为旅店正为你制造一种将普通日子点石成金的放纵错觉，特地安排些昂贵的东西，反而索然无趣。古中国皇家年年取冰，苦夏时节纳入名为"冰鉴"的大箱使用；日本加贺地方的汤涌温泉，至今保存江户时代的冰室，每年循古举办两次仪式，纪念此地曾年年献冰给幕府将军。种种丰赡继承，又怀抱这么多光线，如何能不爱它。很久前台湾有支公益广告："再晚，家人都会为你留一盏灯。"我想到的只是冰箱，三更半夜，蹑手蹑脚，翻东西出来吃，这时新的完整的都没有意思，最好是晚餐未完成的剩菜，如半边飞不去的烤鸡；已经在那里呼叫你一整个礼拜的半桶冰淇淋；庆生会上油嘴滑舌而悬念的奶油蛋糕。

堕落一点的人直接站在冷藏库的灯光下吃。吃完，关上，暗中洗个手，回去被子里。简直无法形容这一刻人生有多值得活。

但这同时是它的矛盾，像薛丁格的猫似的，有功德圆满就有阴阳魔界。应该不止我听过这样的故事，为了提防发育中的"那个小拖油瓶"嘴馋，继父把冰箱锁链起来，少年一辈子对食欲有阴影。更不要提各式各样的藏尸分尸案件。说不定，每个随手握住门把心不在焉的瞬间，一开一关一亮一暗，都在不察中躲过或错过了多少个平行世界。冰箱门简直区隔了一切的知与不知，否则怎会有时明知里面没有东西，你还是打开来看一次又一次；有时里面都是东西，你还是找不到什么可以吃。Tom Wesselmann 有幅作品《静物第 30 号》（1963，现藏于 MoMa），混合媒材油画为底，左方制作出整片紧闭的立体粉色冰箱门，镇压整个画面，右方的富余餐桌堆置各式食物（均由杂志广告剪贴而成），有肉有面包有苹果，有优格，还有凤梨罐头（凤梨罐头！），色彩饱满，光线灿烂，但不显得太过积极，背景的窗台摆了花，墙上挂一小幅画（仔细看会发现是毕卡索），一切温柔平静中有不合理的心神不宁，某一日我恍然大悟：这张力并不只是构图的效果，而是桌上那些，应是原先存在冰箱里的东西吧。所以那扇拉不开的门后现在到底装什么呢？

可能就是更琳琅更滋润、晖丽万有的各种物质。也可能是杀害与欲求，保存与占有，各种腔室深处坚冻如石的陈年材料。也可能哗一下拉开，干干净净，全是空的，只是一个清洗内在的好日子。

§

冰箱能如此精确地指向生活的身体，简直令人害羞。小时候父母设置了各式天条，最禁忌之一，就是做客不可开主人家的冰箱。儿童不懂得这里的羞耻感存在何处，过后才渐渐明白，首先擅自接近食物，无论如何就代表一种馋相，像是多好吃或多挨饿似的，伤害父母的体面，各种礼仪（例如餐桌礼节）都是从遮掩身或心的贪欲开始的；再一层，也是回护主人，万一打开了，一片萧条，大家面面相觑，固然不太好，万一里面有各种好东西（客人则喝冷开水），那更加不好了。

即使既不萧条，也不悭吝，到底还是太隐私。美国摄影师 Mark Menjivar 有一系列拍冰箱内容的作品，画面乍见非常地平凡，但一张张看下去，就有种在路上莫名被许多人迎面逼近的压迫感。人在食物上是瞒不住面目的，例如我自己住的时候，里面基本是空的，出现还没过期的面条鸡蛋酱瓜豆浆已算丰年祭，如果有一把新鲜绿叶蔬菜，那简直蓬荜生辉。偶尔打包外食回去，放过几天，还是丢掉。

又例如若有人说他每天吃炸鸡比萨都吃不胖，好烦喔，万一多手打开他冰箱，里面都是蒟蒻与芹菜汁，你可能从此多一个死敌；或例如有人总是告诉你最近很好，很上轨道，不要担心，唯有他自己知道冰箱只有各种浓度的酒精与三颗烂黑的番茄。因此，至今即使是在熟朋友家里，主人若让我自己去拿罐饮料或什么，仍然习惯口头招呼一声："我开一下你冰箱喔。"若能全不顾忌，那是最亲昵知底细了，有时甚至比性更近。苏珊·桑塔格曾经的情人伊娃·克里斯彻在纪录片里回忆，当年桑塔格每过她家，第一件事就是踢掉鞋子去翻冰箱，一面找出东西吃，一面讲八卦。这一幕是可以如此记大半辈子。

§

我妈的新冰箱送来没几天，北极震荡也来到了台北。郊山白雪深覆，盆地中央甚至落下冰霰，对于建筑不防风寒、室内空间一般也不装设暖气的亚热带人而言，真是冷得人胡言乱语。在接近零度的屋子里穿着雪衣外套，我安抚自己这也算是目击了"历史上的那一天"：好的或坏的这世纪以来我们果然也经历太多梦般的现实，地裂与核变，花与伞，没有想过有生之年竟能看见非裔成为美国总统，没有想过川普居然是下一个。没有想过开书店会被消失，更别说看书，大家甚至不看电视了。只是这些事，都很难用看雪的心情整理。

后来洗了一点放在室温下的小番茄，又洗了一点存在冰箱里的樱桃，感到很枉然，番茄竟比冷藏室拿出来的樱桃还要冻。边吃边坐在餐桌上对着电脑刷 Facebook，上面有人讲，不如住进冰箱里吧，还比气温高出两三度呢。当然这是个荒谬的取笑，不过，当整个城市都是岂止于大的大冰箱时，我忽然有点懂得了：原来永远都会有一个比冷更冷的地方，这大概，就是所谓"我为鱼肉"的滋味吧。

半糖半冰

　　台湾人多饮现调手摇茶，花花绿绿，玲珑参差，于健康不相宜。以西医论它的热量糖分化学物全部失控，以中医论，冰的东西，寒中夹湿，委实太"邪"了。大家一面听劝，一面颔首，一面依旧喝。其实谁也知道温白水对你最好，谁不知道。可是你总会碰上一个舌根艰苦的日子吧，总会碰上一嘴焦土的日子吧，若佛口佛心，不冷不热，无可能镇压。也谈不上饮鸩止渴地步，只能说，有时斩妖的必须是魔。

　　所以实在很挫败，很低荡，很自暴自弃，很想喝的时候，我就去点一种最常见的调和"半糖半冰"。这一种衡量在我而言完全就是个烂借口。比方无糖也好三分糖也好，去冰也好，都算有心人，一半一半真的是自己哄自己，以为不负如来不负卿，但心里很清楚不过是贪欢也贪安慰。

借口都出于贪，借口这东西不名誉之处就在于贪，什么都要，要站在理上也要站在利上，不想得罪人也不想妨碍自己，一足踩住道德山头一足又如马相踢，难免有些奸恶相。可是贪都没有好处吗？大概也未必，人类如果不贪懒，日日追求勤能补拙苦干实干，此刻大概还得从河边挑水喝。

也因为这贪，借口的尺寸规格有上限，必须小小的，只能差在七公克的冰块，不能差在七大洋的海，否则就很坏了。借口是还没长大的谎，像所有还没长大的动物，也会胡乱大便，也狡猾，那时很讨厌，但也会掉下特别柔软的毛；借口处处能腾挪，不暴露，破而不碎，"最近太忙了""我很累""It's me, not you""我妈说"，好像没有一个地方对，又没有一个地方不对，魔术一样，某种精巧的覆盖之下，说的人与听的人惘怅地会心。

简直在描述一篇美丽的小说，也确实有点这样感觉，像剔透出人心夹层的叙事术，大概是这样又或许是那样，有形状又没有形状，明明显显是八方有事，讲起来又无关宏旨。例如一个人，每天在办公室里另一个人桌上放杯饮料，第一日说是珍珠奶茶买一送一，第二日说是蜂蜜绿茶买错口味多一杯，第三日说是谁谁谁不要的葡萄铁观音，第四天，没有得说了，只好假装召集一个会，言不及义，时时越过玻璃窗与隔间墙的上缘，透过对方头部低垂或上抬的弧度推敲到底喝了没。

这当然也是贪的：左手想捉别人的心，右手却捂着自己的，可是，你能说不可爱吗？

几周前我到医院开一个刀，住进病房前，先去吃晚餐，初夏傍晚，风里有烟，云头有火，于是就非常想买杯手摇饮料来喝，喝完回去就要禁食了。我站在花果山一样的店头，正要开口，一念（不知该算明或无明）忽起：谁知道明天麻醉后还醒不醒得来，现在还要瞻前顾后地拿捏吗？我这一生的余味居然会是不怎么甜不怎么冰，阴阳怪气的番茄梅子冰沙吗？开什么玩笑。就此说服自己，何必一些许甘蜜的，清凉的，最后都不留。

但其实呢，说到底，就是想任性一次不减糖不减冰而已，只是一点贪嘴的事，一点欲求情节，加上那些戏剧化的念想，虽然不能说全然不真切，到底还是在找一个借口（跟人为何谈恋爱一样道理吧）。后来，喝完它，胃中烦恶。太过冻结，也的确太甜，现在很难消受，自己都忘记自己年纪已经上来。一个借口说得长久，慢慢也会真，慢慢也写进身体里。就感到人真是说难时无比难，说容易有时也太容易。

再后来，显然是正常苏醒。我想太多了。看看八字想想自己也应该知道大概不曾积什么阴德能做三个深呼吸就毕业。休养几天后，就开始一面写这稿子，一面烦恼，天啦，这太糟了，截稿时间已经过很久，我现在还能编什么理由给编辑？什么电脑坏了网络断了之类，什么档案已经寄给你啦（但里面附的只是空白文件，假作软体版本不相容），各种花招他肯定听过不知道有多少，天下的编辑都是烂借口的图书馆，我还是不要班门弄斧，最好赶紧在这里收尾，交稿收工了。

吃水蜜桃

就算是西瓜，也听说过有谁不吃的。尽管生长那么努力，压砂地里结果，又鲜艳又清冷，又甜黏又爽利；尽管它把每个热天午后的所有淋漓之致都占尽。但有种仿佛雷雨从泥土里催打出来的青腥气，某些人不喜欢。

或就算是荔枝，也听说过有谁不吃的。玉荷包口感偏向萎靡，桂味太脆，黑叶有热带果子常见的轻微瓦斯味道。而不管哪一个品种肉里同样容易生虫，从核里黑烂出来。运气不好的时候，走路跌倒，起床撞到头，嚼口香糖咬破舌尖，一挂荔枝买来丢掉一半。

可是好像没有谁不喜欢桃子吧。桃子没有什么苦水，不大可能渺渺，也不大可能苍茫。熟悉的汉文化典故里，它彻底是正大仙容，桃之夭夭，灼灼其华。投以木桃，报以琼瑶。吃掉西王母的桃子立地再活三千年。恋爱中的弥子瑕咬了半个递给卫灵公。二桃杀去三士时，也不觉得险恶，反而心想："啊，那两枚桃子肯定是好得不得了吧……"《三国演义》铺陈的金兰之约，小说家让张飞讲一句："吾庄后有一桃园，花开正盛。"于是长手臂，大嗓门，朱面膛，三个人就红粉扑扑地结拜了……现在想想才意识这简直萌到有点腐。

或说某个字眼，即使单独不清爽，与桃子接枝，感觉一下子好很多。例如油桃，毛桃，一片憨甜。蟠桃不再是龙头龙脑的样子，呼出仙气。美丽的则更美丽，夏初如果勤快上市场，可以买到一种早生品种叫作五月桃。五月桃，这样念出来，口齿都五光十色，好像不必真去吃了它似的（当然，还是建议你真去吃了它的）。至于白桃黄桃，气质清洁无比。

直到一年最苦热焦烧之际，我所喜欢的水蜜桃就大出了。

§

吃水蜜桃是拿捏的事情，或者说，整颗水蜜桃都是各种关于拿捏的事情。例如说，不知何故，到今日它其实也不是特别昂贵，本地也多产，但就有稍微偏离日常指针的感觉，仿佛吃它不是吃它而是赴一个与水蜜桃的约会。有种意识上的拿捏。超市里那些像神话故事里摘下来的精选者，无须多描绘，即使在马路边，大暑之夜，见到一卡发财车，车顶支开凉篷，悬挂几颗灯泡，白漆薄木招板聊赖地刷上红字"拉拉山水蜜桃"，也忽生优渥之感。

"今年好像还没有吃水蜜桃。"

"嗯……"

每次都这样说，不过一旦迟疑，车子已经过去。过了就过了，这没有必要特地回头。好像也从没看到这样的摊车旁出现主顾。

因为买一般还是在传统市场买。摊子把它们一盒一盒打开，品相价格有上有下，级别各样，落差很大，究竟吃到哪一个位置，才帖然而舒展，合于所谓享用的道理呢，此时不免斟酌，会想一下。这从来就不是花钱愈大愈好的事，有时接受贵价后的一咬牙，更显出底衬的不自在与逼仄。桃子们背后七横八竖着一些手写的小标牌："请勿随意触摸""请勿捏"。顾店的老板见到有人流连，捏着筷子捧不锈钢碗走出来，嘴里嚼卤蛋一样（可能真在嚼卤蛋）招呼我们："看看啊，要什么？"

老实说，左看右看，都不是非常好看。天气真的太热，香蕉满面衰老，西瓜腹内沉滞，水蜜桃脸色薄白。我们对他抱歉地笑一笑，意思到了，他没说什么，表情也不以为忤，碗筷放着，俯身将散乱的芭乐堆成塔。芭乐梗的叶子厌倦地掉下来。

§

水蜜桃好看在哪里呢，水蜜桃好看在于它全身都是身体。这句话文理不通，但似乎非得这样说不可。自然界为什么有模样这么直白的物产？想想都觉得充满幽默感，而且在夏季这种身体全面开放的季节，坦荡荡地结实出来，更是非常促狭。像皮肤，就连汗毛都模拟了；像颊腮，就连血色都模拟了；至于像大家最熟知的，带有肉感的身体部位，则连左右的分野，都隐约一线凹弧优雅地模拟了。即使"请勿随意触摸""请勿捏"，也模拟了：确实是不适合自行其是地伸向不熟的他人的身体。身体当然同样是考究各种拿捏的事情。

也模拟了熟。这里说的熟不是那样的熟。水蜜桃的熟，是说熟就熟，像一个人与另一个人的亲近，它既是渐渐，它也是瞬间，当不可究竟的一闪出现，忽然就知道可以了，知道易瘀易伤的可以安心交给对方运输了。所以，我其实讨厌某种老式口吻，将女孩的青春生发，及其欲与被欲，借指为"熟了没"（便也不提那系列经典港产电影了）。我是说，与其关心对方熟了没，不如弄清楚对方认为你跟她之间熟了没。如果答案为非，那么生或者熟或者所谓的算不算过熟则统统不关你的事。

不过现实的水蜜桃熟不熟，有点关我的事。产季说过就过，还没吃到好的，去进口超市看到硕大完美昂贵的，所谓的贵是说，牙齿深入它消流的体质时，心中难免会出现惜憾感。请别误会，珍重食物很正确，我并不主张糟蹋。但那惜憾感确实是格格不入，让人不敢欺负，就没有买。水蜜桃好像很逗人欺负，愈鲜嫩可喜，就愈不想小心翼翼托住，要满抓满拿，用力捏一下，它就委屈出痕，大口咬它脸颊，它就流泪满腮。泪水甜极了。（以及，你想一想《以你的名字呼唤我》里的名场面……）"17块一篮的桃子／第4天就开始烂的夏天"，读到夏宇此句时觉得17块真是很有意味，确实能毫不心疼咬哭它们或摆烂它们，不去可惜它的娇贵，甚至是有点凌厉对待它的娇贵，才特别好吃。难道是，因为水蜜桃的样子太让人恍惚感到是同类，且太像人类裸露出情感的那一面，就不可克制地想要稍微残酷吗？

同时也不明白其矛盾：这么脆弱不祚的，这么艰于时光的，为何一向被视为福禄寿考？

可能最早编故事说给大家听的那个人或者非人，厌倦于听故事者眼中对生之幸福，与幸福之永恒的无望猜想，也忍不住稍微残酷了。若欲所爱想者如金如石，就偏偏以一种即融即解，马上发黑的东西，拐骗你。

§

"有一个认识的水果商刚进了很漂亮的加州水蜜桃，我订了一箱分一些给你。"

"好喔。"

所以过一阵子，还是有水蜜桃被带来了。"我觉得还不能吃，你放一放。"对方说。

每晚问候水蜜桃。

"今天能吃了吗？""不知道，我去捏一下它屁股。"

"今天能吃了吗？我的已经能吃了，大概这里比较热。""我的还不行。"

"今天能吃了吗？""好像还不行。""你怎么知道？""我有捏它屁股，它屁股很硬。"

直到某天，在电话中间，对方忽然发现有异。"你一边在吃东西啊？""嗯，我在吃水蜜桃。""嘎，可以吃了喔？""啊对！我忘了跟你讲，"我说，"已经熟了。"不是说过了吗，它说熟就熟。

　　我迅速地在两三天内把它们统统吃光，时机正好，甜到不可以，不能拖。这是寿而不寿之物，福亦非福之物，既矛既盾之物，可仙可腐之物。随时就会好了也随时就要坏了之物。故也难怪以往它总象征于欲望，连系于爱情。但我个人是觉得，欲望或爱情或万寿成仙什么的……每一样，都不如盛夏回家，开冰箱，啃噬一整颗早上冷藏的水蜜桃。

　　吃时张罗狼狈，口舌消融，手背乱抹嘴唇；吃完洗手，刷牙睡觉，撂爪就忘。明天早上要换百香果吃。

　　只有双手，不太甘愿于已没有那美丽双颊能抚摸，所以，在指尖，偷留了水色蜜色桃色的，倏忽的轻香。

羊刃驾杀

01

所谓的反求诸己，我想吧，不是在希望全世界都对待自己如慈母的时候反问自己有没有也待人如慈母，而是在希望全世界都对待自己如慈母时，反问自己，有没有第一个待自己如严父？

当然了，因为不可能全世界都待自己如慈母，于是我们总是有那么多理由躺着哭而不必当自己的严父。

（当然慈母严父也只是个约定俗成的譬喻了。你心中是慈父或严母也完全 OK 的。）

（总有一天大家解释的文字会比本文长。）

02

总是有陈词振振主张自杀者是不负责任的。我有点明白，那是种情绪的反射动作，不能说这反射有什么错，但就是敲膝盖等级的反射动作。毕竟"责任"两个字道德海拔听上去自来高，但其实是语言的诈术：什么责任呢？对谁的责任呢？为什么别人得痛苦万状地活着只为了让你安心觉得世界依然各就各位还不错呢？那只是责怪别人怎么不照顾你的感情，不是基于爱。自己的内在世界自己安排，没有任何他人活该帮你担，更何况，那都是自己都已经担不住自己的人，何能百上加斤。当然这件事会让周遭的人在情感上觉得自己存在于世肯定是毫无价值的，否则他如何会将所有的我们连带一并绝弃？"毫无价值"，人的各种情绪中伤害最大的一种。可是明明理性上我们又该知道这整件事跟你自己的价值没有一毛关系，这只跟他的痛苦有关系。

03

忠诚这东西是这样，忠诚是种货币。寡于此者，常懂如何精算，如何套利，拿它换东西，或是要人拿东西换它。

有些人天生富有，带来许多，源源不绝，像是乐施的继承人，那么，就很难不被当作一位可歌可泣的凯子。

04

好事有时是看年纪的，例如青春、健壮、敏思、潜力什么的。坏事就盗亦有道地公平。例如蠢，蠢人年纪大了，没有什么失去，顶多只是蠢得更多更久一点而已。

05

并非每个字组在一起好像合乎逻辑看得懂就代表那句话有意义。所谓"不要活在过去""我们要向前看"，彻底是种虚伪而真空的、二十世纪八十年代用到过时的、发展主义式的教条修辞术。当下是什么意思呢？当下并不是一种时间位置，当下是一个必须同时容纳过去与未来的，负担着如此责任的空间。一个不活在过去的社会，就是一个不可能累积的社会，就是一个不可能传承的社会，就是一个永远短视的社会——所谓的视野是既往前也往后的，就像你开车不会把后照镜与后挡风玻璃拿黑纸贴起来一样，"反正我只往前面开嘛，看后面有什么用"。好啊，希望他就这样开，希望他赶快上路这样开。

舌头的事

　　总觉得不一定是从肤色开始的，其实是舌头的事。那种与环境之间的咬合不正，或者犬牙交错，是从语言开始的。在商店中说不出某一种语言的时候，或说得出而腔调显然有异的时候，就像身体轮廓出现了锯齿状，一张图片在线路上传输不完全，解析度忽然下降，像素一粒一粒分离，肉眼就能够挑出来。一旦被挑出来后，会被放在什么位置呢？对于一个黄种人而言，这件事不免大好大坏，充满悬念。

　　口音。味觉。吻。舌头上全是政治。村上春树说如果我们的语言是威士忌，因为酒精的挥发方式没有误会，可是威士忌也区分了年份、产区、品牌。比方说在台湾行走，同一张亚洲的脸带西洋腔或东洋腔是一回事，带东南亚的音调是另外一回事，每当看见这种令人羞耻的行为，我就希望这样的人去一趟西洋或东洋，感受那种因为舌头弯折推剔的角度，便被判断与挑拣出去，以及紧接着忽然粗糙起来的气氛，有多么不雅。

当然恐怕也有人要嘲讽这类设想，说法大约是没有经济余裕离开家乡的人，在他自己的世界制造自己的鄙视链，是应该获得豁免的，或至少我没有资格置喙。的确，对孤悬海角的台湾而言，穿越周边的成本比各大陆块更高，可是为什么要讲得好像苦人就活该是坏人似的呢，我也不觉得这就很对劲。

§

从前出国大多因公差，好像包裹在透明气泡纸中间快速地被人来回递送，没有什么碰撞。最近几年私人行程比较多，便开始清楚地意识到（听起来或许有点夸张吧……）一个以汉语为母语的台湾人，确实是背负东亚国家之间复杂夹杂的情感史笨重地移动。几年前带母亲去东京，只要离开饭店房间，若需交谈，总是无意识地低声到比耳语更耳语的程度，几乎都成吹气，本来大家话也不多，到最后几乎没有言语。那是不自觉地为了回避擦身而过时因为辨认出口音，便没有原由而不温和的一眼注视。消化这样的瞬间，对一趟短程旅行而言是太累太无谓。

温泉中彼此裸身相见非常热情的老太太们，在一旁听见我们抑制的交谈，以褒美的语气搭话，说你们是哪里来的呢？还以为你们是日本人，举止完全是日本人似的呢，原来如此原来如此。这善意比敌视或轻视更令人为难，毫无意识内化然而又赤裸的阶序排位，殖民者的遗情……然而，能去跟几个一水之缘的陌生老太太争什么呢？也只有回以无言的微笑。

这世界上有那么多你根本不可能追上前去跟谁讲什么道理的事。

或是说多年前拜访亲友，当地朋友带去大概一年也没有三个黄种人出现的小酒馆，与周围的人聊天，他们略显困惑，问为什么台湾人的英文是加州腔呢，台湾人都讲加州腔吗？我不知道如何回答。其实我一丝一毫都不认为那是加州腔，只是它不像荧幕上的中国餐厅老板带有夸张表演性的汉语或粤语音调而已，但他们对亚洲人的想象最远最具体，大概就到加州了，过不了太平洋。

"像我们的人"作为一种恭维方式，让我在情感上非常复杂。它不是可以心无挂碍一直球扇回去的恶意，它并不出于攻击与排斥，它甚至表达了接纳，预期你的受宠若惊（那么，你演还是不演呢）。然而我只是不比谁多一点也不比谁少一点的台湾人，并不想要像哪里的人，也并不将这种被接纳的方式视为可喜，它是不太好的好意，除了面笑心别扭，总是感到很难对其采取更恰当的政治策略上的应对。

但恐怕"如何像别人家的人"这件事，也有自己的不知不觉。我这一代人从小被提醒：个人代表国家，不要做出羞耻的事，不要做出让人轻视的事。也不能说这想法不对……受到这概念的影响，我在旅行中举止与衣着格外精确严格仔细。后来才意识到那是为了勉强获得相类（且未必同等）的尊重，付出加倍的力气与时间。那是在对我的种族与血统做偿还。作为亚洲女性，我总是需要加倍地武装，加倍地掩饰，加倍地警觉，甚至需要加倍地娴熟英语，但所能保证也只是让我最大程度避开或反击一些没有道理的不愉快。跨境移动的交集圈如机场或车站里，从容无礼、安心放肆的白人并不少见，然而环境对他们的容忍度有多高，相对对其他人的标准就有多高。有个名词叫作"第一世界的烦恼"，我将这称为"第一世界的不烦恼"。

因此旅途到了一定的长度之后，我往往特别疲于这类内外观察的精神消耗，并对于不够迟钝的自己与不可能改变的世界同感厌倦。也曾经在心中琢磨过这样的故事场景：一个种族主义者与归途上的亚洲人被困在小站的候车室里过夜，亚洲人认为对方只是脾气焦躁，就分给他罐装水与一根香蕉，又与他清闲地谈话，事情就在舌头上微小地发生了。第二天他们分道扬镳，种族主义者还是种族主义者，然而不彻底了，并且他还要为那"不彻底"淡淡地苦恼一阵子。可是后来也无从下笔，因为说到底这是我所不相信的事。

§

北方某地，有一我所钟爱的小城。长年寂静，低微抑制，这两年因为高速铁路通车，变得热门了，因此市区唯一一间连锁服装店也安插了通晓中文与英文的服务人员。有一日，我买了两件上衣，默默排队刷卡结账，没有什么异样。直到那位音频昂扬轻快，我看见名牌上写着"王"且附带说明"提供中文／英文服务"的女子，满脸微笑以日语对我快速说了什么。

我没听清楚，下意识地回答一句："啊，抱歉我刚没听清楚。我也说中文，你可以跟我说中文的。"

"王"的表情，简直是过于露骨地变化了。她以标标准准的中文回答我："噢那算了。没你的事。"

我其实知道那只是问一句"信用卡要一次付清还是分期付款呢"。但确实没错，我反正并不想分期付款，所以，也不必计较。

"王"将我刷过的卡片扔在桌上，将衣物胡乱塞入纸袋，往台面上一甩，掉头走了。

因为一切都太极端了，极端到我也是呆了，走出百货公司大门后才一点一滴地意识到那粗暴，以及刻意展露的攻击性与恶意。

我又绕了回去，把"王"找出来，下意识地放弃了汉语，以英语直接地问她刚刚究竟是怎么回事，我是否做了什么不对或冒犯了她的事，导致她必须以这样的态度应对我，例如，把纸袋用力甩在桌上？"王"的脸仿佛窘涨了一圈，几近语无伦次做着我不理解的说明：噢，我只是不敢跟你讲中文，因为有些人不喜欢别人对他们讲中文，我没有无礼的意思……这当然与我的问题一点关系都没有。

两个说中文的人在日本以英文诘辩……我站在那里自己都荒唐得要笑。透过语言的政治，我可以说是机巧地暂时保卫了尊严，然而其中的悲哀，是连设想一间不可能的候车室，将之安放，都不可能的。那一天，我沉闷地早早睡着，睡眠里，没有舌头的事。

趁热吃

说镬气

　　镬气不是热气。并非东西够热就叫有镬气，镬气是翻锅时食材被猛火快速燎过的介于滚烫与微焦之间的味道，那个"气"是味觉缝隙的写意，不全然是形而下的温度的写实，一碟带镬气的炒饭，即使放凉，仍得五成。最好是经年老铁炒锅，不粘锅就难免若即若离的，原理不明，大概跟导热效率有关。炖汤煮食一类是不说镬气的，但当然也有够不够热的问题，差三五度有差吗？是有差。有些东西稍微放凉口感更好，例如状元糕、糯米豆沙粽。有些东西唯有足沸足滚时那个香味的动能才能随着蒸腾之热整个往上奔远奔深、往嗅觉之刁钻拐弯处做伏兵，待与你接后的味觉来会合，一旦稍微冷却，整个弧线都掉下去了。

别人的食记

在鼎泰丰。深色西装大汉目测高约一八六公分，铁青三分头，若单说颅骨的话，大概比篮球大一围，圆也是一样的圆。条纹领带平平整整，别金色领夹，左手腕系电子表，是青少年常用的方形款式，腕周勒出一圈黝黑的饱肉，表面显得有点埋没。小眼睛，狮头鼻，橘皮黑脸，五官与表情倒是一点杀气也没有。不超过三十岁。他一个人坐下来，有次有序先让上了一盘烤麸，吃了，接着是特大碗牛肉面，随着冰块玻璃杯与一罐原味可乐一起来。未久，又上一蒸笼，不知是什么，面吃到三分之二才见他打开，中央一枚大白包子，他一咬露馅，油滋滋的浅酱油色，那就是鲜肉的。如此一口包子送两口面，他也不太快也不太慢把它们吃光。可乐则一直是且斟且饮，很拿捏的，最后五分之一刚够拿来送最后一口热食清口下肚。

此时服务生又来，收拾桌面，给一盅冰镇银耳莲子。自始至终他一手使筷，一手握匙，没有看见手机，也没有读物，桌上就是菜、肉、面、包子、可乐，他爱食物，食物爱他，挥洒而优雅，迅猛而不狼藉，等到这份甜汤都吃完，他就肩膀一松以弥勒表情摊坐，眼望远方，大咧嘴，自笑一场。他的饭吃得功德圆满，全程拜见，终夜欢喜赞叹，故略记之。

生为我妈的孩子，我很抱歉

我妈经常说："你这张嘴真坏。"在此，并非一般认知中口角锐利的意思——虽然说这方面我的嘴也的确是坏得不得了。不过她讲的是一种神经质。例如夏日她料理丝瓜，清炒，略下虾米，某天又吃，入口五秒，决定弱弱而有技巧地问一句："这个虾米，它包装袋是不是没关紧？"我妈顿一顿，问："怎么说？""虾米有点冰箱味。""就封口裂个洞没发现，刚看见想说赶紧把它炒掉，这虾米上礼拜用还是好好的，开口就破几天而已。你这个人嘴怎么这么坏。""……但丝瓜还是很好吃啦。"我说。（如果你狐疑前面提到的技巧在哪里？就在这里。）

当然，我自己认为"嘴坏"跟"嘴刁"之间，还是稍微存在差别。"刁"像它的字形，有挑起来的部分，比较宁折不屈；"坏"呢，就是纯坏，肚里忙于笔画多，不一定要有积极作为。因此那些味道略像冷冻室的虾米，我依旧一粒不漏吃光它们。但无论刁或者坏，难免想在此提出卑劣的抗辩，主要是认为这责任，到底不全在于我吧，谁让我妈菜烧得好呢，一个人，吃好的菜，历三十余年，嘴就会坏。这是人间奇怪的正正得负原理之一。

§

若要讲我妈烧的菜，恐怕很难不落人以"炫耀妈妈"的口实；但话说回来，这时代已是嘴抿得紧一点，不动辄哭出牙齿舌头给人看，都能算是傲慢。那么也只好说一句："生为我妈的孩子，我很抱歉。"

自己赞美自己的妈妈善庖厨，不太有说服力，毕竟许多人都主张各地家母的手艺是世界冠军，以"妈妈的味道"解释也未尽善。理性上我对这类修辞（酱油、味精与厨具广告中颇常见）怀有轻微的抗力——一部分来自它将家事工作描述为一种情感的支付责任，一种连带而生的道德债务可能，以及一种因系于非理性而较为次级的业务，《教父》第一集开头处有场厨房戏，胖子克里曼沙把麦可叫到锅炉前说："来学学肉酱怎么做，以后你可能要为几十个人煮饭呢。"台词平坦，意境崎岖。另一部分来自于此而出的各类理所当然，例如没有人问过舍弟："你有没有跟你妈学做菜？"但初次见面的闲杂人（不是譬喻，真有其事），倒是不惮其烦、自觉颇有资格对我进行再教育："听说你妈妈很会煮喔，你应该跟她学一学。"我心想：所以呢，我并没打算请你来家吃饭，急什么急你。这时就变成："生为我妈的孩子，干你屁事。"

"轻微"则因我无法否决它。这确实是我童年的硬指标。母亲啦餐桌啦家的味道啦……这一切膝反射的想象令人厌倦，然而，偏偏又很好吃。

此外也是极晚才明白"家里有好菜"并非放诸四海皆准的事。就像歌词唱"天下的妈妈都是一样的"，涂装虽然粉红色，就中不乏刻酷。

我家有好菜一节，后来在亲友间变得有点儿出名，多因我父亲处世四海，那时他喜爱在家请客，请客不是三五人，起码三五家，一般都是晚餐，五点半践约，客厅里先坐坐，聊天，喝茶，嗑花生瓜子（所以这些东西我家常年大包大包地预备着），抽烟，有段时间我父亲嗜好烟斗，那燃烧起来是非常地香。

六点半前后我妈从厨房探出头来说大家坐吧坐吧开饭了。众人起身。饭厅有一面沉重的木长桌，椭圆形，团团围上，能搭坐十数位，十数位互让半晌。如果一并来了小客人，得早早完毕功课才好在客厅一起边玩边吃；如果没来小客人，就在房间里算数学、看综艺节目、自食小碗菜。

那时我父母请客真是吃到七荤八素的。肉炖在东坡上，鸭怀着八宝心，海味焖烧大乌参，山珍随佛都跳墙，口味清净有发丝豆腐羹、白果娃娃菜，孩子多几个就添上凤梨虾球、糖醋排骨。冬天砂锅鱼头，夏天换冬瓜盅（我妈能在冬瓜的皮子上雕花）。宴必有饮，当时东洋酒西洋酒都不是太时兴，家里也不上黄酒，所以喝茅台或高粱酒，故又须有一道豆干爆牛肉丝。凉菜卤水，炖汤甜点，多半次次各别各样，餐具就使用大同瓷器，不名贵。

整套菜进行到半途靠后（也就是蒸鱼前的那七到八分钟空当），我妈会暂时坐下吃点并接受夹道欢呼："敬大嫂！""敬大嫂！""嫂子辛苦了！""嫂子今天菜太丰盛了！""太丰盛了。"一桌人多半我现在的岁数，有些甚至更年轻，但今日想想，还是觉得他们真是非常"成年人"。

甜品吃完，再回客厅。再喝茶。廿几三十年前普通人家谈不上大型的讲究，但此时也会把茶换上普洱，水果先早已切好铺在瓷盘，我妈的布置是清口到甜口，约两三种，冰箱取出即可，但我必须洗澡准备睡觉了，躺在房间，客厅的话语弥漫进来，偶尔像戳气球一样爆出笑声。

夜里一时而醒，若是门缝一线轻光，且有微响，那是最后留下一二密友长谈醒酒。

若满眼灰暗，那是人都散了。

后来，当有人谈想台湾八十年代鲜明热烈之处，我印象就是家里请客的样子。我父亲于九十年代前的四十三岁过世，稍微计算一下，差不多再垫上一个小学生的年纪我就要超过他。将要活得比你的父亲更老，感觉是有些奇怪。

§

但我家"好吃的"不全在"吃好的"上头。从前读《射雕英雄传》，讲黄蓉吊洪七公的胃口，说要做拿手菜"炖鸡蛋啦，蒸豆腐啦"给他，洪七公便非常高兴。

过日子没有谁一天到晚上宴会菜。我比较记得小学下课午后的点心，红豆莲子、绿豆百合、仙草爱玉紫米粥、咸的萝卜糕葱油饼。那时周六要上半天课,放学到家十二点半,午饭时一边看电视剧《中国民间故事》。印象里周末中午常吃干煎大白鲳,不要看它现在贵得好像塑金身,当时都道是寻常。

平常日,天气若简便合宜,我妈也常牵着三五岁的我弟送午餐来学校。我记得一个银色不锈钢单层饭盒,上盖左右两个耳扣,打开里面什么都有。另一小袋子装切好的水果。日后我妈转职工作妇女,我弟不曾吃过这样的便当,她似乎因此心有一些负欠。

倒是某类东西我们至今很少在外买,例如小鱼辣椒,或面食,尤其饺子,我家的饺子瓠瓜韭菜虾仁花素(甚至是香菜馅……)都值得吃。此事人证颇多。要说藏着开天辟地的诀窍,好像也没有,无非素的调味应当清微,荤的就是选材拌料,谁也能讲上两句,若问我更是迷茫无话。我对烹饪是双料地缺乏兴趣与才华,许多故事谈着母亲女儿厨房的三角关系,有时是手把手的情意面,有时是肘抵肘的扞格面,也有时像佐野洋子的《静子》,母亲静子风格粗野,虐儿成性,只有一起做饭时,两人很和谐,也不苛扣,海苔寿司卷切下来的边边就顺手给佐野洋子吃。佐野洋子学成一套很像样的家常菜。

在我家也不是手把手,也不是肘抵肘,也不怎么戏剧化,就只是我妈烹饪上才情光芒万丈，大家更近于诗人的读者，钢琴家的听众，一碗宵夜蛋包干拌面也国色天香，问她为何，她皱眉想想，"就是随便弄弄。"再想想，又说，"因为东西经过了我的手。"我其实相信。很小时父亲特别教导"不可以批评食物"，我先不懂："什么叫批评？"而后困惑："但我为什么要批评食物？"懂事才知事情不是憨人想得那么简单，他应该是打预防针：小孩养尖舌头眼见必不可免，至少教会日后在外吃饭勿多话，勿得罪人。

当然她并非全能，西菜与烘焙就不擅长，某一年试包台湾粽我也只好默诵阿弥陀佛（不过麻油鸡或腌蚬仔很厉害），重点是在长年经验熏习之外，我妈对食物富有各式各样机敏的先觉，那是灵机忽动的一撮花椒，心有所感的多沸三秒，那是创造性。依着这样的先觉，我家烹调不放味精，炖汤值得走盐，东坡肉绝无勾芡（《食猪肉诗》说的是"火候足时他自美"，可不是上桌前你要勾芡），但这一切无关健康考虑。不需要而已。

前阵子有人辟谣，说味精对身体并没有什么祸害，电视新闻也报。我妈坐在那儿，看半天，讲话了："不加味精，是做菜人的自尊问题，不是健康问题。就是自拍不要用美图秀秀的意思。大家弄错重点。"

我以为她颇英明。

§

有时我们认为，食物若要美味动人，滋养滋润，不管为职业或为家务，关键多半在于所谓"有爱"。

有时我怀疑。

许多人一生做着擅长但未必喜爱的事业，我想我妈在厨房里，手中撒出是对自己人生的赞同也是怀疑，是对自己的要强也是对亲人的心有所感，是这样，能让滋味繁复成理。没有什么能单靠一句爱。但她是否真的喜欢烹饪？这说不明白。几年前东京孝亲十日，策划住宿时我在电脑前自言自语，说要不要试试看带有厨房的公寓式酒店……我妈路过，警醒无比："什么，我出门玩还要煮饭给你吃吗？""没有没有，我不是这个意思。"果断订下标准观光旅馆的夜景角间。非常地得体。

入社会后才逐渐辨识出并讶于所谓"母亲在母亲之外"的客观性质。她思路深细敏捷，执行力与行政手腕都甚是强，退休近十年，至今曾经的上司仍托以存折印鉴等腹心。我不止一次想过：如果她是我的同代人；如果出身小康；或如果她的原生家庭曾不吝于任其发展志性（啊，真是老梗不已的时代无奈性别剧），青壮年期又赶上了八十年代烈火烹油的全球大景气……总之我妈显现的潜能，远在她的孩子之上。

或许我对人类繁殖的怀疑由来于此。生为我妈的小孩，有时就对世界有点抱歉，自觉是个瑕疵品，硬梆梆地占据着机会的空间，但原本在那儿有个模糊如柔雾，具备各种维度层次与韧性的可能性……

奇怪的是，前述那些社会中普遍受到褒扬的性质，若表现在家庭场景，就像教科书的插画一样，看上去优美，却不全然令人愉快。我往往刻意或无意地处于各种规约与条理的反对面，处于持久但范围有限的抵抗与制造混乱里。有时我猜，你若想培育一个循规蹈矩的孩子，诀窍恐怕不在于多么地言传身教，而是比他更加地胡搅蛮缠……有位天生挥洒的亲戚也是教养出一位非常传统的女儿。实在是一花一天堂，一家一业障。

同样的道理，尽管整天被讲嘴坏，我也不能算个吃家。原因之一是我确实并不哭夭挑食，有好的也高兴，冰箱里剩到干的一片吐司配白煮蛋也相当可以，甚至接近故意地不去讲究，当然这有点有恃无恐意味。相当恶劣。原因之二在于我并不会弄，自炊时潦草到鬼见愁，超市冷冻鸡胸肉（不必处理骨血厨余）与花椰菜与一把面条水煮加调料胡乱搅拌，也能面不改色连吃数餐。原因之三是除了烧腊烤鸭一类器材有限制，外间能吃到的菜色，我妈都做得挺好，不积极于外食，坊间饮食动态就不熟悉。有次朋友们晚饭时间来我家附近，问这里能吃什么，我说我不知道。"这里不是你的地盘吗？""嗯，就是因为这里离我家太近了……""噢！"众人秒懂。

结果最后再一次吃了火锅，就是相对最不出错的选择。中年人们，再好些的追求也就是不出错了。

§

关于吃，或者关于不吃，在人间产生着重重的问题，有时甚至不小。例如恋人间绝对没有正确答案的："中午要吃什么……"，身型与阶级的政治，危险起来是生存，饥饿，是各种灾祸与恶意示现的第一站，可以到达灭绝了心灵的程度。

但在我家，因为我妈的缘故，这件膨胀潜力很大的事，像被收进钟馗的八卦伞，缩小得不成问题。或者这么说吧：在我家，如果吃，就是"你能吃多少"的问题，如果不吃，那就是"那你不要后悔因为大家不会留给你"的问题。

所有的难，在这里融解为所有的简单。

我觉得没有什么别的事更能说明家庭里关于恩情的那一面了。

所以了，有妈如此，节食实在很难，我又不曾中遗传的大乐透（仔细分析起来，应该更接近继承了遗传的负债吧……），因此一生就没有当过一回瘦子。过去几年，不知不觉，涉入人世渐深，水一深，险流就比较多，而世人若欲袭击女子，形象问题又是十分简便的，由此生出照面劈打的明枪，或者背刺的冷箭，不免也经过了一些。然而，难道谁以为我会为我妈的天才与我爸的基因感到遗憾吗？开什么玩笑。生为我妈的小孩，日日猫肥，天天家润，抱歉了，我可是一点也不抱歉。

想到猫的晚年。猫的晚年舌下生癌，病程非常快，抱去给医生开刀，最好的剧本是病灶切干净就没有事。医生很保守地说，不要有太多期待。此外，当时猫已十八岁，全身麻醉风险很高，这样的大刀建议只能开一次。

开完刀，恢复很好，不过维持约三个月后还是原地复发。猫进食日渐困难，喝水也很不容易。每天早上我们将食物营养品药物水分等一概打成浆，制作当日的饮食量，按时以注射筒灌食。热量一日一日往上加，因为猫持续消瘦。令人不舒服但其实合理的是：热量愈高，肿瘤成长仿佛速度愈快。所以也经常要调整控制。

即使如此，猫的食欲表现一直还是很好，尽管身体数值并不成正比，有几次内科回诊，兽医委婉提醒，在适当时机要考虑猫的最大福祉。那是一个很困难的决定，困难不在于确认那个时机，困难在于从我的角度而言，没有任何时机可以称为时机。

我一直说不明白，猫是因他的动物生存本能而奋力日日吃，或者是为了我们人类。我希望是前者，我希望那时候猫没有任何一点点，是为了我而吃。一兆分之一的那么一点点，都不要有。

驿马衣禄

带你妈去玩

下午四点多我们抵达新宿。安顿行李后随便在全家便利商店买了饭团吃。接着去逛手创馆（台湾叫台隆手创馆）和高岛屋（台湾叫大叶高岛屋）。晚餐是高岛屋楼上的炸猪排饭，喝了麒麟啤酒。

散步回饭店，满路十二月的灯彩与音乐迸碎一般落在地面的水光里，刷开的气象 App 告诉我今夜是这波季节雨的最末稍，明日开始天气晴。（我妈认为这是她的功劳："我出门向来是好天气。"她说得没错。）经过 Krispy Kreme 与 Starbucks 时，我妈走走看看，沉默几时，若有所思，如梦初醒："我现在到底跟在台湾有什么不一样？"

有那么一秒钟我也是被问倒了。"不然你现在想回台湾吗？"

"不要。"

"那不就对了吗！"

§

出门玩与在台湾当然不一样。妈们一向是其词若憾其心深喜。好比基于交通与上下行李方便之故（这是带你妈去玩最重要的事之一）我们住在利木津巴士直达的新宿南悦，为讨老夫人欢心又订了景观角间，因此我妈每天天未亮就开始窸窸窣窣泡热茶，配红豆面包，坐在沙发上看她的日出、DOCOMO钟楼、无云天气里和纸描图般贴在地平线上的富士山轮廓。又从房间这一头拍照拍到那一头，可能要line给我弟或我阿姨吧，也没有要管我还在睡觉的意思。这怎么会跟在台湾一样呢？

或好比出发前某次我自言自语："要不要订公寓式酒店呢，有厨房耶，可以去超市买食材自己煮。"我妈听见简直兔子一样竖耳警觉："什么，你是说出门玩我还要煮饭给你吃吗？""我不是那个意思……"

诸如此类。

"带你妈（或你爸妈）去玩"似乎很适合拍成一部介于《人

在囧途》与《心的方向》之间的电影。一些荒诞的台词，可能也有化险为夷的突发事件，三幕剧里的亲情的心结冲突转折更是保证的，但不保证这些冲突最终能得到此类电影惯有相互谅解、拯救或升华的结尾。我的意思是说，大家都当家人这么多年了，真要抱头痛哭什么的还等到现在吗？开什么玩笑，现在最重要的事是你去厕所而我去找到新光三越里的退税柜台。

说到底，旅行必然是暂时脱开了日常的强制扮演与原生根系的框限，所以才常见人透过"旅行"此一概念的实践与想象，不知不觉表现出性格里的极端气候。不管怎么打着诗意的高空，不管飞行多么频繁，现代以余暇活动为目的的旅行，意义上注定不会是家常便饭，因为它本质即是对于异与变、对打破重力的积极追求，甚至都具有侵略性了。异地，异样的语言（说话时脑部使用的区域都不同），异物般的生活，它的余裕象征更让旅行者得以进入一种异身份：例如过去常听有人倾家荡产买名牌包名牌表，今日则出现某一类不断借钱负债刷卡只为出门打卡的人物（似乎背起了那款包或走出了机场门就是打了人生胜利感的吗啡针）。

旅行既是各种异的集合，人在其中就难免异常一些。例如在东京（中间去了箱根）的八天里，我妈忽然也不挑剔了。买东西也不怎么精打细算了（但是参观庭园的半价敬老门票不能放过）。不常常上厕所。吃东西也随和了。我带她去银座老店"喫茶YOU"吃蛋包饭，排半小时的队她无怨无尤。"喫茶YOU"地方不大，是很有昭和风情与时间感的老派铺子，她坐下，先东张西望，开始摸桌面，再略微摩挲圆圆的桌角，然后把桌上调味料罐子的瓶身都轻轻用指尖拭过一遍……

"你在干吗？"

"你有没有发现，这些餐厅里一个小罐子或小角落摸起来都不黏手，像刚用漂白水擦过再用干布抹一遍。"

"你来日本还做卫生检查的吗？！"

凡此种种。一路又不时对我自夸自赞："你看，你说走我就走，你说吃我就吃，我出门很乖吧！""是是。但可以不要我一转眼就自己跑到不知哪里去吗？在东京迷路很可怕。"至于我忽然就必须变得十分脑筋清楚精明干练，管钱管车票，管吃管睡管闹钟，管问价钱管退税管行程管时间表，日文丢三落四也得夹着英文当翻译。最后还得出钱。现在问我那次带我妈去玩到底玩了什么……臣妾、臣妾真的是不知道啊。

§

因为带你妈去玩从来不只是去玩而已。它更接近一种阅兵式，一套视察行动，一场武力展演，是各位的妈把各位养了这么大的总体检，要考你应变。考你 EQ。考你体力（购物提袋当然不该你妈拿，电车上有位置当然该你妈坐）。至不济也考你花这么多年读了这么些也不知有没有用的书、做了些也不知道在干什么的事，到最后在餐厅里能不能帮她要到一杯热开水——日本人不喝热开水，这事我妈每值用餐便感叹一次。然而虽说不吃冰的，到箱根看见名物"箱根焙煎珈琲"的咖啡冰淇淋是必须尝；而在秋末冬初、叶落无花萧条少人行的强罗公园里，既然景色没什么好，那牛奶霜淇淋更是不能不买一根了，否则走了这大半天岂不亏本。

看待出门前后与亲友的各种报告与炫耀你同样要超脱些。根据场边观察，他们这年纪都已是纯青的炉火八风吹不动，"哎呀，整个礼拜我都不行，我女儿要带我去日本玩。去八天。""我们在箱根住的那个饭店左边窗子看富士山，右边窗子看芦之湖，房间里还有一间和室！""去箱根坐的火车是有观景窗的车厢！""这次出门我女儿又是导游又是翻译又是金主呵呵呵呵……"这种程度的说法，在我们这年纪，如果把"女儿"这主语换成男友女友或丈夫太太就十足是露骨找麻烦。但在千帆过尽的老人会议里，稍微展示一下孩子的心意与不太浮夸的经济能力，大概近似于在领口别个小小的名牌logo珍珠别针，不算最招讨厌的，还可以被接受。因此做主语的自己也最好冷静一点，也毋需费事出言阻止，反正你听不到的时候他不知道还要说几次说多久。拦不胜拦。

何况除了妈们或爸们，世上也不会再有别人为你这一点小恩小惠就这样喜滋滋的，早也心感晚也心感记挂成这样。

§

尽管彼此都非常有出门在外一切要收敛的心理准备；尽管日本对老龄人口的关注，造就它成为带长者旅行非常顺畅的国家，从箱根回到东京后、返台前一天我跟我妈还是大吵了一架，为什么呢？完全忘记了。但我可以人格向你保证那绝对是一件毫没有重点的小事。追根究底大概还是我一路精神绷得太紧（关东我自己都是第一次去啊），而我妈对于必须彻底离开主控与照顾者角色的主场，转而担任那个"很乖"客场的心理视角也到了极限。

带你妈去玩的真正风险关键其实不是摩擦本身，而是造成摩擦的小型夺权问题。听起来是有点那个，好像太冷酷了，但就是这样。妈们理智上知道凡事由儿女安排没有不好，但情感上让她非得多说那一句两句话；我们理智上知道这多出来的一句两句话做耳旁风就好，但情感上，这一句两句完全可以概括人与原生家庭间所有的雷雨交加。

当然这也都不妨（且似乎非常自然而然）往"亲情"或"孝道"或"爱要及时"的温情方向诠释。好比说，你其实不必等到父母病了弱了才发现你与他们的角色已经互换，旅行即是很好机会让彼此理解：你已可担当亲子关系里那个成年人角色，此后是你带他们而不是他们带你；又好比说，其实你能带你妈出去玩的次数不会有你想象中那么多。若把说法收束在这里，再加上一点生命史的片段回顾，完全可以非常感人，非常有渲染力。

但拜托喔！我们还在吵架。

回到吵架。如果真的是《人在囧途》或《心的方向》什么的，这必须是一个将剧情推到高潮、整部片子埋伏的火线要纷纷引爆的时刻，此后必须往上拉向管弦乐式的海阔天空，或往下沉淀出阿卡贝拉式的大和解。不过那天傍晚我们回到饭店，大家都又累又不高兴，也没想到要吃晚饭；我妈跑去睡觉，我歪在沙发上看电视刷手机，又把买的一盒冬季限定"银座あけぼの"草莓大福打开来吃。

我妈睡一觉醒过来，看见我在那里喝茶看电视吃大福，气得要命。

"你这个人真的是很过分，"她说，"你吃大福也不会问一声说妈你要不要一起吃大福。"

"……什么啊，你那不是在睡觉吗！"

"你不会叫我一声吗？如果是我我就一定会叫你起来一起吃。"

"……睡觉睡得好好的为什么一定要叫起来吃大福啊！"我莫名其妙。

但就如同各位跟各位妈们一样，这类僵局一般也是这样莫名其妙解决的。在她不甘示弱也吃了一枚大福之后，我们决定抓紧最后的深夜去逛歌舞伎町的唐吉诃德。非常值。便宜扫回大量家里常喝的即溶咖啡与许多 Sheba 猫点心。

不是很诗意。电影要卖座恐怕不能这样结尾。但牵涉妈们的事情好像都不会太诗意，也不是妈们或我们的错。朋友说，

"带你／我／他妈去玩"很难派生各种微妙情思，因为整个儿就是揣着一颗驼兽的心上路，是白马与唐三藏的故事，是驴子与史瑞克的故事。我感觉她说得非常对。九十年代日本有流行词"成田离婚"，原为陌生人，相遇了，恋爱了，结婚了，出国度蜜月了，在旅程中终于彼此明心见性（并不是好的那方面），龃龉繁生，委实无法共同生活，返抵成田机场后第一件事就是办理离婚手续。不过父母的话，除非是非常极端的关系，恐怕都难以桃园离妈或小港离爸，从异常回到日常后，该清点战利品还是一起清点战利品，该斗气时还是斗气，该抱怨还是抱怨。这都是家的可恶与可爱。

后来我妈经常在收看旅游节目时问起："你下次什么时候带我去玩？"口气还有一点装萌。

"不是才刚回来吗！过一阵子吧。"

结果过一阵子，她忽说和我阿姨报名了旅行团去北海道。我有点高兴，其实跟团也没什么不好，晚上在办公桌前手机就叮叮咚咚不断收到她传来什么山啦湖啦或者吃螃蟹的照片。回来后问她好不好玩。"好玩。而且也不累。车子接接送送很轻松，适合我。"她说。

"不过我还是觉得你带我比较有意思。"她说。

过了一会儿，"那你下次什么时候带我去玩？"她又说。

"不是才刚回来吗！你可没有老人痴呆啊！"我忍不住大叫了。

孔夫子论孝有言："父母在，不远游，游必有方。"或许在现代，必须改成："父母在，携之远游，游必有方。"总之，是我们这一代晚熟独身青年人手上一本全新修订版的《父母经》了。

人类心爱的少年

　　我从未成为一个时髦的人。例如说穿衣服喜欢安全，素面单色的比较好，式样简洁的比较好。例如说过生活偏于认生，不习惯四处走动，尽量避免交结陌生人。短假日我在家，长假日依然在家。老是读重复的几本旧书，不抽烟也不喝酒，晚上十一点过后就不想出门。各类时新之事，懂的也不是太多。

　　可以整个礼拜不开口与人类产生有意义的谈话。

　　有时旅行也是斜斜地往行迹稀少的小城町歪倒过去。

　　但也大概是像我这样的负面表列者，能在潮间带找一块干燥处安心观测浪上的热闹。潮字难说，台湾定义的"潮"与英文"trendy"仍有些不一样，虽然它们都是消费主义与都市性的，都依赖各种漂亮的人物像鲸鱼骨支撑宴会上的蓬裙，但"trendy"更接近广义而中坚的富丽入时，带有上层建筑风行而草偃的讯息；而"潮"字在台湾似乎更接近以小众包围大众、以街头渗透中心、以青春的时间投掷而出占领空间。特别是青春。说起来潮男（孩）潮女（孩）是司空见惯，在台北的某些圈子抖网一捞一大把，但"潮大叔"就成了秀异，"潮老爷"则完全是精品。比较奇怪的是不怎么听见人形容"潮姨""潮婶""潮婆"。

潮有点少年性。有点时间性。少年性有幼稚的部分但不完全是幼稚，少年性是什么呢？是人在完全凝固之前最后还会摇晃的、还会忽冷忽热的透明液态（但要是荡漾得太厉害，那就叫中二）。因为通常有点逞强，有时难免虚张声势，就很容易遭到各种嘲笑（例如"潮到出水"）。前几年我阴错阳差进入时尚媒体工作过一段时间，像是衣橱里突然出现了一件特别花的长裤，因此认识了一些可以说是"很潮"的人，他们个个火光灿烂，驾驭各种场合完全没有问题，可是也常常不留意地露出特别柔嫩的部分，好像一个手贱的小男生无意识抓破膝盖上在游戏时跌伤的结痂，在完美晒黑的皮肤中间有一块浅粉红色不是很平整。

或许这解释了为什么精神过于老成的人通常"潮"不起来。当然这也有现实的一面，它许多时候彻底是动物式的皮毛色相的逻辑。天生美丽的人们不一定潮，潮的人物不一定美丽但总是有他们的款式，能够使用熟练流利、修辞新鲜的服装语言。十九世纪一本老书说："每个时代穿得最好的经常是最坏的男女们。"不过我仍然喜欢看那些穿得最好的人，这追求有物质迷障不足以解释的部分，有种靠身体发肤就能发言、浅薄而厚重、又在欢欣中藏凋灭的能量，或许这正是他们曾经被认为是"最坏"的原因。

潮起伏无根。它必须先有月亮，先有引力，必须先有广大深沉的海水，不经久，不能停驻也不应该停驻。关心时尚的人有时说潮流只是一时风格才能永恒，但永恒是未免太远大的字眼，远得不清晰而大得十分空荡，我们总是太轻易出口但谁又真有希望靠近永恒。"一时"反而使它更具备了贴身的物理意象：是喜动而不喜停的，是对当下此时具备不舍昼夜的热烈关切。它让我常常想起时间的问题。还当钟表记者的时候，那些在表面滑行的秒针有时令我烦躁，并不是有什么不对或不好，只不过每一秒都像时间的裸体，见之令人心慌，可是不能回避。尽管那些贵金属或者钻石与珐琅，或者复杂到可以航向宇宙的结构，或者丝绒无毛边的宣传辞令都不断强调"这里为你关住了时间"，但你明明知道那都是买空卖空。我们每天在谈笑中彼此欺罔一个未来，有时难免会觉得累，觉得与其如此是不是我们不如醉生梦死。

今日的一进终究是明日之一退，潮就是这样的事，彻底不谈论坚固，可能朝花夕拾，只是流而不连，而且毕竟会变得十分十分地可笑（你看过你爸妈年轻时的照片吧），却从不放弃地一直拍出浪花，脆弱的愚行却有坚固的痴心。我从不以为潮流的对立面是经典，就像少年的对立面不一定是他的上一代。事实上，经典正是驱动潮汐、远在天边又近在眼前的月亮与海洋。潮流真正的对立面是过度的实用与效益主义，是对审美的缺乏关切，就像一个少年真正的对立面甚至未必是年年月月的拖累，未必是柴米油盐酱醋茶的浸蚀，甚至不是残酷或者冷，而是对任何人都失去了诗意的无效的热情。而这样的人并不少见。或许这是为什么我仍喜欢看那些活得十分有趣、我认为可谓是潮的人们，他们让我想起纳西色斯、贾宝玉，或者哪吒，荒唐不顾，制造可厌的靡费，然而，有什么关系呢？无法不去宠溺，他们都是人类心爱的少年。

宅的游戏

　　所以你想要一双什么样的眼睛？扬眉或垂睫。圆形或叶形，杏子形也可以。我们有宝石绿、远星蓝、古岩灰及夜路黑。

　　皮肤的颜色深入浅出共八种。

　　免费赠送一套服装、一种发型、一组配件。

　　你获得位在郊区一栋有前后院的房产。当然一开始搬进去时可真凄惨，院子杂草是满的，屋里是空的。请尽力工作赚钱，资金投入整修，购买新衣与家具，起造庭园。除此之外你还能在家里摆上很多书，阅读后提升各种知识值。但读这么多书最后也不知能干吗。

　　你还可以一直一直去开厨房的冰箱，不用担心，因为不管怎么吃都不发胖，不管吃什么都是端着盘子站在冰箱前发出咬下苹果的声音。不管男或女都具有亚利安式的高腰纤腿，颈项修长、水晶香槟杯般的脸。

洗碗。更换壁纸。订购新家具。种下一株玫瑰。砍去一棵野树。洗澡。今天还没有拜访邻居，于是出门。翻邻居家的垃圾桶（发现旧衣）。打开邻居卧室的床头柜（偷走指甲油）。帮对方赶开浣熊。在门口拥抱他。亲吻他。打他一巴掌或者与他谈论运动。

长日在此不尽，鸟鸣终日不停。没有其他事可以做，那就拜访下一个邻居。社区里还有二十三栋房子，众人贫富不均，但大家都那么美，抬头挺胸站直身子，香槟杯里倾入的是清水，从来没有坏表情。

§

最近我玩起一款小游戏。关于这游戏，也想再多解释些，但上面已经说完了。

虽说看得出来它原先意欲将"剧情任务解谜"与"模拟人生""开心农场"几类常见的小游戏类型结合，企图心很大，但这家来自德国的游戏公司，不知到底该算"不德国"或者"很德国"，它的美术设计洗练，不随世风卖萌，虽是 2D 游戏，但物件细节一花一叶无不优美严饰，又可以四面旋转（所以一把茶壶也要设计四种角度）。几乎可以想象是怎样一笔一画手工制出这个踢正步一般永远九十度角不倾斜的世界，天工开物栩栩如生。

然而它的游戏性实在太低，玩到一个阶段后就只能做些机械式点击动作收取金钱与经验值；能购买替换的道具在越过一定等级之后又太少，进度开发也实在太缓慢了，每段剧情至多两小时就解完，但已有七八个月未曾推出新章节。不知道这公司到底想拿它怎么办，一时似乎也不打算中止服务，已经算不上热闹的官方粉丝页上，三不五时还是会忽然发布小活动（送些道具什么的）。反而显得黯淡。好像过气艺人偶尔在社群网站贴出当红时的照片。获得了七个赞。

不过我还是继续玩着。把它当虚拟娃娃屋（家里没地方放真娃娃屋），而逛邻居的家特别有趣，侵门踏户也是这游戏的一部分。总之，这是一个关于"宅"（包括了直观的原字义，与次文化延伸而来的新意）的游戏。

§

"邻居"当然不是真邻居（家对面的真邻居你倒是一年也不会打到一个照面），而是世界各地一起玩这游戏的脸书账号。通常我只加入在脸书放真实大头照（这多少可以辨认出来），并透过涂鸦墙能捉摸简单背景的人（来自哪国、职业是什么、生活方式如何）。原本只是个人怪癖，却让这枯燥的游戏派生出一种恍惚秘密、如在音乐或书页中不断遭遇各种伏笔的趣味，以及就算抛弃语言与沟通也没问题的莫逆于心。"天涯若比邻"原本出自王勃的诗，上句是"海内存知己"，意味只要心意相通，即使彼此翼轸衡庐也像比邻而居，近似精神上的跨越甚至是共时性。但今日常被借以诠释人类如何以科技克服物理世界里一码是一码、不会缩短一公分的障碍，例如描述飞机或视讯的发明，非常务实，非常不玄，非常形而下。倒是这无聊的游戏实现了句里最初的诗意。

比方说，只要进入这些邻居的地面，就对他的手笔与治事胸有成竹，庭院深处特别的樱花并不是随便能栽种，它价值十颗红宝石；床头的李根斯坦画作则需十六颗。这些算是游戏中的奢侈品，因为红宝石只能以实际现金购买。有些人里里外外装满宝石家具，一眼估计都是几百块美金，我经常流连忘返啧啧称奇，这个世界里不需矜持的做客之道。

然而真正的醍醐味在于观察各地陌生人，是如何在同样的一亩三分地、同样有限的购物选择与差不多的预算里，过起他与她色色式式理想的生活。人生充满极限，充满不从人愿，都是一圈一圈捆仙索或者站起来撞到头的压迫屋顶，五百块美金在日子里一扇房门都买不到，于此却能满足一整座庄园。抚慰有时也就是这么廉价与轻易，而自由、挥霍与家居的方式，三者组合起来真能泄露陌生人一些秘密。有的人屋子里小小的，家具堪用，但在屋外大治园林，多有楼阁花榭茵陈蒿。有些刚好相反。这倾向有时对应现实，好比住在科罗拉多州的 Anna 与住在德国的 Gertrud 都是前者。住在纽约的 Sammy 刚好相反。而住在岛国的我山也想贪水也想贪，所以各自一半。

有人以森天丝柏密密将自己的地面围住。有人（例如住在北卡的祖母 Daphine）不设一栅围栏。

有人制造圣堂般的厨房，可容十数人的长餐桌摆满沙拉与餐具，炉火永远开着，咖啡永远煮着，可以住四五个青少年的大房间，地上安静地扔了一颗足球。

有人极力铺陈客厅与书斋，一间卧室与一张大床，餐厅却只放一张仅供两人对坐的餐桌椅，上面仅仅一副碗筷。而不管是前者与后者，它都有可能是个独居的老人，也都有可能是个反复搓着抹布的妈。可能是梦也可能是真。

简单的复制。幽幽的补白。快乐或不快乐。爱好与欲想。不言的纪念。有没有一个再婚的男人，在游戏里还是安置了一副前妻喜欢的英式乡村风花沙发呢？有没有一个腹中夭折了小孩的母亲，在游戏里的婴儿房中，密密麻麻塞满大象、兔子、泰迪熊娃娃呢？

有个重机大汉，他的角色是红色短发少女。有个看来怯弱的南亚少年，他的角色从来不把衣服穿上。原本红发、棕发或黑发的白人女性，游戏中常常选择一头长长的金发。我也不认为这马上就能断定他们是扮装或变性欲者、暴露狂或者每个都有血统的崇拜。那又太缺乏神经了。人的行动都能这么一条大路通罗马地解释就好了。

§

游标在宅子内外鼠窜，荧幕蓝光冷冷。游戏里代表我的那个小人穿着红洋装，被我指使得团团转。一下子去投篮，一下子去看电视，活动力耗尽后就原地木然站着，等待每五分钟恢复一点体力。网路与人类灵魂对接的想象，科幻电影里已说了那么多，但或许，极限也就是如此而已。就像我们看十九世纪 Jean-Marc Côté 关于二十一世纪生活的幻想画，也觉得哑然失笑。

于是我又跑去找了 Jean-Marc Côté 的作品出来看，五分钟过去，小人又有力气在荧幕上跑动。

其实你与它不会发生感情或连接，倒是先前鬼月时，有时半夜打开游戏页面收成金钱（当然是游戏里的），偶尔会乱想，小人会不会忽然被附身似的失控脱出了我与游戏的指令范围？小人会不会在动作到一半时忽然停下来、转过头，我看见她无神识的眼珠？

谁知道更恐怖的事情发生了。本来，游戏里少少几项支线任务，总是像小印章似的以圆图标列在画面左方；一旦有进度，圆图标旁便会连续闪跳一条长彩旗，上面写："有进度（Progress）。"有进度是多好的事情。

但某次更新后，它被加上个奇怪的新功能：当你没有进度（也就是都在忙些跟任务无关的浇花洒水之事的时候），圆图标旁竟也会不定时跳出长彩旗，上面写："任务未完成（Incomplete）。"

我看到时有点目瞪口呆。因为任务结束后，图标本来就会自动消失；还挂在左方就意味"正在进行中"，因此这新的设计完全是多此一举，而且跳出的频率也实在过于频繁。

你去看电视，"任务未完成"。你去坐在树下，"任务未完成"。你去弹钢琴，"任务未完成"。

有些玩家开始在官方的粉丝页反映"不能理解这有何意义"，而且"非常恼人"。我明白。恼人当然不只是视觉干扰，而是在心理上近似受到宗教式的恫吓。当然讲好听点，也可以说是暮鼓晨钟。

任务未完成。我们总是有那么多事未完成。而谁不是都在被"未完成"追赶的同时追赶"未完成"。

但天哪，我只是玩着一个宅的游戏（这里就完全是直观的原字义了），我真的不需要这些。然而冷清的粉丝页上从来没有任何游戏公司的人在回答问题。

"任务未完成""任务未完成""任务未完成"。它又跳出来了。我何尝愿意！我就是等级还没练到能完成它的时候啊。

就只好气愤地关上视窗，回头去做正事了。

末梢开花

窗必须是开的。这样，远山的棱尖，百里牵涉的电线，就刮擦眼球表面。风的千手纷纷，就将声音从耳缘摘除。如果有强日照，光掠夺眼神；如果有雨，水土之气掠夺呼吸。如果夜，它就特别沉着，掠夺梦的发动。钢与铁彼此坚硬，倥偬相错。

如此写下来，才忽然明白，在铁道之国的日本为何我偏爱古旧的地方交通线而非新干线。新干线当然是另一种好，我也喜欢，但它像那么健康新鲜的大动脉，太快又太愉快，太有举足轻重的自信。或许稍微缺少一种不关生死但是无奈的疼痛。

当然了，捕捉着这种疼痛的我，无非也只是袖手旁观，无非也只是因为下车后的我能够头也不回。

往来于几座城镇搬运时间的乡间火车，仿佛微血管与神经的末梢走到肢体尖端，指缘掀裂，小出血，瘀青，循环缓慢，刺麻感。对于观光客，昭和年代的硬体与空气有无论魏晋的颠荡抒情之感，现实则是许多区域长年面临人口老化与地域过疏（乡间人口流失）问题（连这些问题本身，现在听起来都这么苍老），这一路或那沿途岂不都曾风霜雨雪，依旧是作废，再也不必了。过去几年日本旅行，花了一些时间在北陆与能登半岛一带，许多地方路线都这样，例如距离金泽开车不过半小时的白山市，以山岳信仰之灵峰白山闻名（记得大河剧《真田丸》中，真田家背后长挂条幅"白山大权现"吗？其大本山即为此地的白山比咩神社），然而一路沿城镇步行，都是弃轨、废站，草在红锈与朽木间窜窜疯长出来，如神经末梢因不再震颤，因不再欢欣，而发生的喊叫。

末梢。毕竟所有的花都曾开放在末梢，在尽处。仔细想想，就像身体每个突触部分都是关键字，例如舌信、发尾、鼻尖、指端、睫缘，或者胸之处，腹低之处。

故也有绝美的。在北陆的富山县沿岸，有一小城，名为冰见，冰见不远处，名为雨晴，细小的雨晴车站出来，为雨晴海岸，近于富山湾凹入的腰窝位置，到了一方土地能边缘的最边缘，轨道寸步不离紧贴满散着贝壳的沙滩，远有立山连峰，近有男岩女岩，是摄影爱好家们守候火车、夕阳与雪山拨云的名景点。不过，经乘轨道，抵达末梢，有时不为在那里过度地停留，也只为了很匆促的一段，例如从高冈抵达雨晴之前很匆促很匆促、宛如水中央的一段。那时我一定想到过《神隐少女》里让梦境都落下风的海原电铁，也一定想到过新海诚《秒速五公分》一路从城市中央周折到远方的伤感跋涉。道阻且长，从前我不知道，以为俱是动画色彩刻意铺张情感，现在经过了，才确定，它其实很写实：关于一条路走到最后的心口滞血；关于有去与无回的满面擦伤，是没有不写实的。

现在还谈皮包吗？

阶级。性别。消费主义。事到如今，一个女性再讨论她的皮包，似乎也是叫人倦怠的了。

尽管世间仍旧不懈地在女人手袋这件事上做指点的文章。若是下劣一些，就说些"包包换鲍鲍"这类自以为俏皮的话；比较不怀恶意的，大概也觉得有滑稽之处，例如女朋友出门为什么需要各式各样皮包呢？为什么各式各样的皮包里装了各式各样的自我要求与安全感呢——化妆品、湿纸巾、皮夹、镜子、维他命丸、保险套、避孕药、止汗剂、记事本、A4尺寸装工作文件的L夹。我听说有人放两种不同的防狼喷雾（怕紧急时刻捞不到）。男朋友出门只需要两个口袋，一边装钱，一个装钥匙与手机。（行动支付时连钱也不必装。）

这固然贴近事实，这说法充满象征。男人身体上垂挂两个袋子即大步走大道，一边装着资本，一边装着进入的权柄。女人的身体则什么都要满足，她皮包的纳藏层次像她下腹内外构造，最好能容受要抚养全世界的梦。

时装史上女性手袋其实是愈做愈大的，它脱离纯装饰性的轨迹与女性主义亦步亦趋，特别是在二十世纪的六七十年代后，从务实角度看，确实是现当代女性于社会职业生活中活跃的表现，例如 Jane Birkin 抱怨当时女包之局促不实用，找不到既好看又能装各种东西的大提袋，Hermès 就为她制造了柏金包。不过有时我也忧愁地想，按照这尺寸的发展方式，或许意味我们曾想丢掉的东西从来也没能够丢掉，它们一直在里面，它们是我有生之年不可能改变的积压。

这样一来，不挑些自己喜欢的，不变些花样自己哄自己比较甘愿地背负它们，很难过得去。

几年前整理衣橱发现埋着一只黑色旧式 BALLY。装在绒布袋里。母亲自己都忘了还有这件东西，看了一看，说也有将近二十年了吧。实在保养得很好。家里一直有三五件这类老皮包，都是我所知道的，也当然不是到处塞着好东西三天两头都能够有出土之喜，所以发现这隐藏版，我就格外高兴，真是前人种树后人乘凉。它四角五金一点颜色也没掉，但是在时间的包裹里也不再光芒铿锵，有缓缓的玉意。

我说给我用吧给我用吧，放着也是放着，这些东西就是要用的呀。这几个拿出来用，我可以很久——说不定从此以后——都不买皮包了。

当然后来……

后来我当朋友们自驾的拖油瓶去了义大利。在折价惊人的outlet里看见一件红色漆皮亮面贝壳包，价格比之台湾店上彻底是跳崖。因为想起自己早先的话，就心虚地在那儿走过来走过去，朋友说你为何魂不守舍？我指指它，拍下各种试背与各种角度照片以各种通信软体传给各地亲友……最后收集到五个"应该买"。

啊，三五年内我不再买这些东西了！这样说。谁也不理我。

也不是不知道来自欧洲的奢侈品牌及其形象建设与亚洲人之间的情仇，实在是古老帝国主义的充满血统想象。在outlet为了购买过季商品踌躇的市民则根本是花式的没救。

这红色贝壳包用了几次，也不知怎样，本来觉得规格日常，很实用，但那人与物与环境之间的咬合，仿佛迟迟差着零点几厘米，有一点"多"。因此大多时候，也是包进绒布袋收在衣柜。

结果最近最常用的是在超级市场里买到的麻布编织购物袋。一只盛惠台币七十五元，上面写蓝色大字"我的袋子比你的好"（My bag is better than yours）……狂得平铺直述，平铺直述地狂，要说它中二吧，又有你无法反驳的天真意气。又是适合夏天的颜色。它好用得很，回到家才后悔当时旅途上竟没想到买它十个。如此岂不是有十倍的好。我总是能将皮夹、锁匙、化妆包、手机、书本资料、梳子、笔记本电脑、防风围巾、干洗手，一概漂亮地装进去，撑得规规矩矩，方方正正，沉沉重重。出门时，它总是临兵斗者皆阵列在前，但回到家时往桌上一甩，一下子就塌了。

现在常觉得这种软质塌落的样子特别可爱。背着皮包的生活也是这样的：你尽量笔挺，你尽量背负，你尽量能提起，你尽量懂放下，但是也会有一瞬间，你找到机会，颓然地稍微开口，吐露搅结的实情：一张手心揉过的卫生纸，一段碎票根，它们都落了出来。我盯着它们，发起长久的呆，在呆中忽然醒觉，这就像是谈论皮包一事之倦怠过时一样：那种适宜于新洁的、光滑的、漆皮亮面的年纪，实在已安安静静过去了。

不过，大红依旧是好的。

在散文里我好像不太常写自己作为女性的生命经验，这本稿子翻来翻去，好像只有刚刚那一篇勉强能算。

从前常困扰我的一个问题是：我们是不是应该先作为一个世界的申言者，接下来再做女性的申言者？但渐渐我发现，之所以会产生这困扰就是最大的问题：这个困扰并非心怀世界，而是将女性排除在世界之外，排列在世界之下。这是女性对己群最大的出卖。我几乎不听说男性创作者曾考虑"我该先作为世界的申言者？还是男性的申言者？"因为他们一般都内建一个"我即世界"的晶片。

而直到今日所谓的"普世"或"人类"，终究是男性世与男人类，绝大部分的男性也不能说是关切女性的处境（但这一点我不在意）。事实是：性别处境是一个女性一生至死不可能摆脱的雷雨云，国族、阶级、政治与宗教的所有问题，在性别领域都会派生出专属的性别问题；事实是国族、阶级、政治、宗教都有一时一地的限制，但性别问题从远古直到永恒。

事实是，除了女性自身没有人会为你发声。女性不诠释自己随时有人越位诠释你。

我想这应该也是很多女性创作者（无论领域是什么）早期会面临的困扰：不是别人的怀疑，而是自己都怀疑自己的关切与主张"有没有必要？""是不是重要？""我是不是该把女性的问题放在另一个更大的问题里面讨论？"或许以叙事策略而论，这些考虑没有错，但这只是战术面，不是战略面。

战略面是：如果一个年轻的女性创作者，也出现我上述的曾经困扰，那她不应怀疑自己，应该继续述说女性与为女性述说。女性不仅必须，甚至可以说有义务，理直气壮地申说女性的关切，女性的境遇，女性的眼光，要说得好，说得久，说到没有人能把它排除在世界之外，排列在世界之下。《秋刀鱼之味》《晚春》《比海还深》《无人知晓的清晨》《母亲》《家族真命苦》如果不是出自小津安二郎、是枝裕和、山田洋次，而是小津安子、是枝裕子、山田洋子，大家就等着看吧，要有多少人说她们"女人拍的题材，老是跳不出家庭亲子的小框框，缺乏宏观的关怀"，或者会有多少人嗤之一句"妇人之见"——等一等，我想太多了。更大的可能是小津安子、是枝裕子、山田洋子自始就不会得到机会与支持拍出这些作品。

从这角度而言，有时我亦觉得例如女导演、女画家、女诗人这样的称谓，或许也有战术意义：在这类带有强烈主张性格的职业身份之前，先提醒这个"世界"，听好了，这就是一个女性的意见。即使说的内容跟女性经验毫无关系，也都有性别上的意义。但当然了，如果只是取巧地占用议题，每天在那边自溺自恋自哀自美，或者向异性恋男人的意淫献媚，别人也是看得出来，随时准备扑杀。

台北街巷

台北的好在于街巷。

旅客们熟知的地点当然也不错，例如淡水老街（虽然已太观光化，本地人基本不去了）、永康街（不管怎么说，远来一趟鼎泰丰总是要吃的）、民生社区的富锦街、东区忠孝东路两侧背后的小店区，或者这两年老社区复兴风头健的赤峰街。

然而除了那些有名有姓的地方，渗透四处的无名巷弄，位置很不具体，情况难以说明，才是在台北生活的真正心意。

若讲究全套的街巷风景，台北比不上台南。当然也不像东京荒川沿线或浅草区有一种大块文章的下町趣味。而是星星点点的，在高密度、缺乏绿地规划、没有喘气空间的都会轨道上，各种意在言外的转角与歧路分布在繁华街的背面，一如城市的毛孔，有它们就有细绵绵的呼吸，往往曲折离奇，错一个岔路就咫尺天涯，非常让人迷惑。然而柳暗花明中草木砖瓦各有寄托。台北从前谈不上古都，今日也不再豪华，是小孩子放学后吃的家常食物，冬天像湿融融的香草霜淇淋，夏天像炉子上持续炖着的一碗热汤，春天像蔬菜沙拉，最美好的秋天像土窑里刚钩出来一枚烤番薯，掰开来金黄松爽，而这些街巷正像一点盐花，随手随意撒上去，滋味就忽然深切起来。

或许关键就在随手随意。有点欠规划，琐碎。坏处也有，例如住商不分，居民往往任意拓建，街廓的勾勒不整齐，但这也同时造就了它的可爱。作为土生土长的台北人，我喜欢穿巷子甚于走大路，例如我的办公室在捷运古亭站附近的同安街，此地日据时期称"古亭町"，街头有两百多年的土地宫"长庆庙"，街尾有北原秋白访过的纪州庵（二十世纪初是高级日式料亭，现为市定古迹），地图上七颠八倒的细线就贴着这些老地点敬畏地生长开来。有时贪抄捷径，我会穿过长庆庙接行另一条巷子，匆匆掠过正殿时在心里向土地神行一个礼。

有时是在宵夜或酒后，为了醒脑或消食慢慢在闹区的巷子里散步，像一列微虫潜行于叶片的根脉。路灯在柏油路面徒劳地投出一弧一弧晕光，不知名的团团白花从围墙里疯长出来，大半株都垂挂在墙外，安静暴烈，像尖叫时被捂住嘴，声音被抑制，竟挤压成物质从眼耳鼻冒出了。当然这是因为深夜的缘故，难免出现一点奇想，其实在台北，即使凌晨两三点都能在市中心不设防地行走（更何况十公尺之外就有二十四小时广开善门的便利商店）。这也是看起来粗疏窄小的台北，令许多外国人（特别是西方人）意外的温柔与广大一面。

台北的街巷也像台湾人，门与窗之间挨挨蹭蹭的，的确是拥挤，偶尔也争先恐后，在里面穿行需要些民间智慧。但大多时刻还是有点揖让的古典人情，例如在窄巷错身，车子若遇行人阻路，不太鸣喇叭；行人发现后面有车要过，也会往路边尽量靠去暂让一段路，贴近两旁屋檐的时候，有时会巧遇一只猫走在墙沿上，有时会发现一栅古锈的铁窗，那铁窗窗花完全是童年的样式，后面镶着毛玻璃的绿窗框半开关着，纱窗里透出煎鱼与绿豆汤香味。你几乎不想继续走了。

有天我在家附近一个十字路口等人，左顾右盼时发现对面机车行的二楼竟是一座半颓的红砖老屋，盛夏正午，太阳有鎏金的艳光，蓝天高远清洁，毫无云絮，斜倾的砖墙上窗框还保持着它的方正，但从里面攀出了各种野草闲花，碧绿丰满在一楼的屋顶位置四处蔓生，一整个儿像《神隐少女》场景。当时我一瞬间觉得自己在发梦，因为搬来这个社区已经十几年，从来没有注意到这个角落，但这就是台北的街巷，在一个旧旧的、衰衰的地方过生活，注意不注意都与它无关，终于在半空成了风景，即使是对它最习以为常不稀罕的人，都停了脚步，恋恋不舍地张望。

雪灰堆

天气热反而适合燃香。烟火能吃湿气，但蜡烛火气太强太焦燥，线香比较好。香味又搅破暑中的内滞。

去七尾时买的一盒香终于拿出来点了，店家委托神户熏寿堂制作，又以能登民俗"花嫁暖帘"（当地新娘出嫁时的一种仪节）为它命名，气味质地与京都松荣堂的卯花月非常相近，不过清瘦一点，不那样富丽到满，细节里木质削立的直角较多，花朵较少。连日点了几根，自己也觉得莫名其妙：两种气味实在很像。但我不是还有好几盒卯花月吗？（有一阵子买了很多大概足够点到死后拜自己了。）总是被这类多有典故的事物迷惑，它如果普普通通叫作什么"琳琅"或"月下"，我可不会买啊！

但到底为什么叫它花嫁暖帘呢，总不好只是因为气味香甜吧。这有点草率吧。所以你看赋名这种行为，说到底，本质上仍有些人务神事，偶尔能引出小小的心魔。

　　这样似挂记未挂记，走过来走过去地过了几天。一日，忽然一瞥，呆了一下。因点一两根时看不出来，堆积下来才意会：这类日用线香的烬余，一般是灰色的，我蓝色香皿上的花嫁暖帘灰堆却近乎雪白，泛着非常清淡的粉红色，或拟胭脂或红晕。虽然不能完全确定这是不是有心的调制（或许我应该写信去问问看⋯⋯），不过心里顿时就："啊，这样可以吧！"

银声音

如果不提厂牌，应该不会被怀疑这是业配文[1]吧，真是战战兢兢的时代啊。总之，最近得到了一颗无线喇叭。正方体边长五公分的无线喇叭，黑边线白平面，像仙人在云中伸出了雾般的手，将数学课本里的几何形状拎起，在掌中翻了一翻宛然而立。

由于个性有神经质又欠缺慧根的一面，我有点排斥各种声响形式，偏好的音乐范围也非常非常狭窄，睡前不能听，否则睡不好，工作不能听，否则做不出来，家里也一向没有什么声音装置。专心时如果有人对我说话，极为厌恶烦躁。

1　业配文，台湾地区网络营销用语之一，常见于社交媒体，类似"软文""软性广告"等。

沉默总是我的金。我感到没有比听觉更侵略的事，言语都愿能免则免，毕竟它最终都不会是桥，而是彼此借以发射绝望的银针。

但这颗喇叭模样巧妙可爱，又是无线的，谁能不喜欢无线呢？它那么自由，不绊倒人，干干净净，不拉扯，实在是有恩无怨。

我未带特别期望地试着将它与手机与电脑连接起来，十分顺利。播放也十分顺利。它的声音出人意料地透澈，像秋日的蓝天白云，音量高昂清朗如长空。如果声音有形状，一切都跟这立方体一样玲珑。我很讶异如此肥皂般的小东西效果这么好，一面赞叹科技惠人无数，一面为了自己少见多怪的落后感到羞耻（它早就问世许久了……），一面又为在生活中有这类微小得用的事物感到喜欢。

它放在哪里都可以，正因放在哪里都可以，移动性让原本折叠的音线抖开了立体的场景。如果在书架上，钢琴的音符就如雨坠落颈上；如果在案前，三重奏是迎向眼前的海浪。我也会让它真的放出海浪与雨声，然后陷入其中。

有一次我散散漫漫，琢磨着某件心里的事，随手放一支民谣歌手的歌，无意识将喇叭在两手间交过来交过去像魔术方块把玩，才发现，因为它的效果远胜手机扩音器，所以简直像将歌声具象捧在手心，童话故事中海妖收小美人鱼的声音在贝壳里就是这感觉吧。每一声每一句即使换气都微微震动，颤抖地进入皮肤，真像有人把心剜出来湿淋淋交在你手上，且唱又且跳动。

科技求取便利与趣味的路途中，当然常有这样意外的人性时刻，但那瞬间，我还是吓了一跳，觉得有点棘手，虽然感触恍惚美妙，但真的无法将它握住太久，好像轻轻一捏谁的灵魂就会内出血。

后来我就很少随意将它拿在手上，总是安安静静贴着木桌、书本等等无机的表面。后来我重新开始听一些忘记很久的音乐。

比较少年的时期，我以为魔幻时刻必然是金的，是虹的，是忽然闪烁的，是火花灿溅的，因其不寿不永而永恒诗意。但现在，我开始觉得生活中真正的魔幻，是发现那些金质终被磨得见底后，还有一层蒙蒙的银撑在里面，布满了细小温柔的刮痕；我开始觉得，魔幻是在你以为自己坚固无隙的时刻，忽然需要一首歌，那首歌，究竟也不曾真正唱了些什么，你听见的时候，回头对人笑笑，笑得像块金子，可是心中，泪流满面，滴出了银色的声音。

拜文曲

做这一行的话，不免经常谈到读书看电影，自己都很赧然，感觉真没新意。搜罗在同一辑又更没新意。姑且只好说，至少这样显得整齐。

我自己对书没有执念。对纸本也没有。纸本书只是在人类历史中享有太长一段时间象征意义与物质层面的优势：既作为拥有知识资本的奢侈彰显，搭配印刷术又是轻便经济的传播介质（至少跟羊皮、竹简与手抄本比起来是好太多了）。在此刻，一个人有心求知，确实不必读书破万卷，说到灵动迅捷当然也远不及数位媒介。

但我还是喜欢书，并非因为我比谁更深邃或高贵或者有智慧（友善提醒：小心以崇书为名实则只为自我感觉良好的拜书教徒）。喜欢书的原因或许只是像褪不干净的皮那样的老习惯。我也喜欢在书之中有相对放慢的速度感，每个人的头现在都被时代风火轮拽着跑，跑着，是没什么不好，但偶尔也想当鸵鸟，埋起来。

像这样在纸本书当中讲纸本书的坏话，好像很讽刺，但我想其实也不算坏话，一直当鸵鸟终究不好，何况颈椎也受不了。

　　说到读书心得，不免想再度热烈推荐一本书：张亦绚的《小道消息》，形式上是小截小截读书随笔攒集，但千万不要小看，它又广博又刁钻，每段是洞察与知识的浓缩滴鸡精胶囊，整本书是心灵的不求人，给人狠狠地抓痒。而且不管任何时候拾起都能读得吃吃发笑，那真正是爱书人与爱书之书。

　　（结果一不小心，又写了一段读书心得。）

面朝大海，春暖花开，做一个没用的人

这样说起来，那本一路带着的书，也算是经历过了。我打开行李，我关上行李，取出它又丢回去，丢回去再抽出来。有几天甩在汽车后座。有几天胡乱装入购物帆布袋扔置一角。有几天在枕头底下。它像个倒霉的上班族参加了每一场会议，每一场会议坐困愁城，每一场会议海枯石烂，每一场会议其实根本都不干它的事。

这次也是从头到尾不曾读一页，就回来了。

长远而言，识字与纸张被视为人类基础设施的历史并不太久，所以书本这东西虽不难取得，但在抽象的道德情感里吃水还是深一些，毕竟还没忘记是从贵族跟僧侣那里打砸抢来的东西，不容易啊，台湾庙宇里至今可见敬字亭；对于跟书这笼统概念有关的人，大家也格外有些不合常情的期待，例如卖书者谈生意事，较易被责以"失去灵魂""商业化"。（但"不商业化"的产业，有可能持续育成好产品吗？谁又有义务以自己的吃土成全路人脑补的净土呢？）

总之，大概因为这一点幻想里的向上气氛，我就经常在出门的行李箱这种得在钻石里榨油的空间塞上书，新的书，一直没读的书，字多字小的书，有时疯达四五本像一次买了三辈子的赎罪券。（对，我没有 kindle。我总感到阅读器有点首鼠两端。）

从来没有一次真的读了。从来没有。又不愿意半路丢弃。

往往就只是推着它们搋着它们拎着它们，背负它们如负罪一样在世间绕圈圈。多次下来，渐渐感到为人实在不宜一再重复这种甚至不够格称为错误的错误：我的意思是说，有一类貌似不清醒又充满伤害性的重蹈覆辙，其本质反而非常清楚，一眼见底，是边角分明的人性，但我这种行为，只像昆虫的断肢徒然搔抓空气。

所以这次去义大利，就谨慎地只带了一本。而且很薄。反而特别显出这是如何地对自己自作多情：这么薄就以为会读完吗？以为离开某个空间就会忽然变成更棒的人吗？在干燥又没有 Wi-Fi 的机舱里，以为自己会安心转开小灯，而不是别扭各种姿势睡到嘴开开吗？（不过可怕的是，空中巴士 A380 的机舱里的确有 Wi-Fi。）

如此地自己给自己幻想，又自己给自己打脸，真是比对别人自作多情糗多了；因为别人有歉然一笑的可能，但自己看待自己时，那没有借口与无慈悲的程度有时是不可限量。

"旅途上的书"这事忽然让我缺乏力气，觉得人生没用。

§

"没用"跟"无用"当然是同义词，关键在于两字习于镶嵌的环境不同，气质就非常不同。"无用"是模糊而不毛，"没用"是清脆的否决；"无用"是冻原与沙漠与月球的猜想，"没用"是一只拒绝的手拉开废弃的空抽屉。"无"如果有气味，闻起来可能像冷却的香灰，至于"没"……闻起来大概是一蓬一蓬的湿霉。

"没用"的情感现在好像很容易缠绕上我这样的人。什么样的人呢？那些跟文字铐着载浮载沉的人。这跟赚来钱多少无关（虽然一般也是赚不多），这跟环境看不看重你的业务无关（虽然一般也是不看重），我只是渐渐没有什么把握：

我们在此何用？早年好莱坞剧本取笑剧中失败者的方式是让他宣称自己"正在写书"，所以我脑子里总是有个角色是这样的：一整部戏演了半世人也没写出来，直到结尾那个没用的自己终于天灵盖忽剌一开，眼前一片开朗，急急如律令走进房间准备动手时，被地板上长年堆积的各种无用参考书绊倒摔碎了手臂，医生对他说，接下来半年内你都不得高抬贵手。戏里戏外大家哈哈惨笑。

几年来大家反复谈论各类出版品（包括书籍与纸本媒体）的濒死经验，与其说是无垠膨胀的线上空间将书物碾到了墙角，我的猜想，更近于书的"符号／纸张／知识或讯息"三位一体结盟意义，彻底被介入、被解散了，原本相加相乘的效果成为相拖相磨，但这些元素会各自拆卸成零件，安装在数位机体上；在台湾，这状态既体现于内容农场，也体现于巨量评论型文字喷发与短诗之雄起；既体现于社群账号的意见展演，也体现于弹幕及长辈图；既体现于纷纷的钢笔习字帖与手写社团，也体现于狂热的着色画。

着色画成为台湾书籍销量冠军，有些人为此悲观。我则感觉这是线上生活与线下经验对撞后，终于无可避免将彼此推向各自表现形式的极端气候。线上生活充满朝生暮死的流行语，讯息生产、公关危机、言论攻防的进度一日就是三秋，有史以来人类的精神面从未如此昼夜狂奔，眼力从未如此重劳动，交换意见的对象从未如此复杂大量。这种一秒都不错过、一比一对接现实又溢出现实的时间流，让存在于此的语言发展出另一种高转速情境下的审美、节奏与密度。好比说，有些文字在网路上唰唰地读很有意思（特别是时论），印成实体书却常给我以不和谐与飘摇感；有些文字在纸张上风致具足（特别是小说），转印到荧幕里，就似乎有种剔透折射玻璃般的光质，被清洁剂洗去了……

某一类写作似乎必须是属于纸的，某一类文字必须依身附魂。我们相信纸张的程度恐怕比想象中深一点（你看你的钞票）。当然，这可能是我个人的偏误，就像古时应也有人主张手抄胜于刻版，刻版胜于铅字，接着是铅字的凸印感胜于数位印刷……这些线下的经验，几乎全都是关于肉身如何产生与留下痕迹，以及制造出实存物的成就感。你会发现喜爱书的人谈及对书的恋栈，常基于触觉、气味、动作、重量，拥有某物体引起的欣快情绪……我猜想着色画与习字帖受欢迎的原理也是如此：它保持书本的外形，只是将书本为人熟知的讯息／知识功能全部拔除（有人因此认为它根本不能算书），将纸张的体感效果极大化，而"控制双手确实完成看得见摸得到的物质"，在一个奇观见怪不怪、与自然关系疏远、挫折多端的社会里，这当然是非常纾压的。烹饪与自造成为显学大概也是近似道理。

毕竟还没进展到科幻故事里放弃躯体依旧栩栩如生的时刻，人类一天不全员脱壳仙去，皮肤就一天仍是个和大脑一样性感的器官。数位环境显然是无法不将直觉、急促、资料性、高声量与嫁接多变进行到底的，纸本则势不可免被逼回最后一吋[1]肌肤相亲、纤微迂回的底线。在这个底线上，关于纸书的一种潜力，可能就是彻底认清，纸张是无法也不要想去竞争速度、量体与传播效益的，它只能在有形层面讲究审美体验以显现优势（当然讲究不一定等于昂贵，例如在纸浆里搅入鱼子酱大概没有什么意义）。况且美并不比真与善卑微不足，而乌龟与兔子自始就不必赛跑，你好好一只海龟为什么不在大洋中漂亮地打水？

八年前大家印象中平价平装轻量的企鹅出版（Penguin），推出了一套逸品"布面精装经典文学"（Clothbound Classics），

1　吋是英寸的简写，1英寸=2.54厘米。

开本与手感十分斟酌，不粗笨，资深设计师科拉莉·比克福德—史密斯（Coralie Bickford-Smith）做的封面颜值惊人，一面纵向地以视觉诠释文本，一面横向与书系其余作品呼应，一排摆在书架或桌面，美不胜收，在 14 至 16 英镑的范围里，将经典的宝藏意义内外一体地圆满起来：或许原始的收藏欲，以及对美丽发亮事物的占有本能，有可能让我们摆脱今世这竞逐注意力的血战场？至于认为书这东西只需印得清晰可读，其余力气都是邪魔歪道，也是奇怪的计算式，好像排斥感官就能自动证成思想高度。勿闹。没有这回事。贱视美通常只证成了丑。一如天才可能不修边幅，但不修边幅并无法让你变成天才。若说"精神食粮"的道理，固然也没错，问题是对街已经在精神自助餐、精神流水席、精神大拜拜了。何况到底为什么一本你认为大家值得掏钱的作品却不值得更优美巧妙的对待呢？

§

邪典电影大师约翰·华特斯（John Waters）说："如果某人家里没书，不要与他相干。"（If you go home with somebody who doesn't have books, don't fuck'em.）年轻时候见山是山，

觉得这态度岂不是很酷吗；再过后，见山不是山，觉得万一那人有书，但读物与你脾性不相容，还不如没书来得好，反正又不是去写功课；至于现在见山又是山：即使不相容，有就算好了，电话簿都好，想想小时候无聊时也会乱翻厚厚的黄页本啊。

大概我还是旧人。我总是想象每一本我喜爱的文字书是一匹匹真丝上有金银绣，娇贵得很，又脆弱不实际，大家早就穿舒适便宜的化纤，只有它们在走廊末端的房间里自己叠合着自己；但当我在那个千百倍速的世界跑到太累太热，那种疲倦，那种空洞无心，那种没用的汗如雨下，我就把自己反锁回那个房间，里面空气清凝碧冷，光线片片削着墙面，丝缎也纷纷地展开了，一层一层把我裹成馅，酥酥的，像一尾腐皮卷。

但或者这样的一点摩挲不去，终究并不客观，纸本书没有比其他媒介方式更深邃优越，读纸本书也不可能代表谁就比谁高贵高雅，我的流连不去更近于怀旧情感与天性趋向而已（我喜欢慢速、茧居与方块字）。有次在餐厅见一小女孩坐在窗边，不超过三岁，父母在聊天，她自行盯住窗外许久许久，忽然就伸出右手，贴住停在玻璃外侧那枚淡淡的白色粉蝶，食指与拇指机敏地张合做出触控荧幕上拉近图像的手势。她的表情急恼且迷惘，这是什么东西呢？我想看清楚，怎么都没有变大呢……

在 iPad 上刷有声互动绘本长大的一代将不太有纸的记忆吧。但我认为这趋向完全无关是非，同时相当自然。

朋友在大学里教书，某日考试前刻看见台下所有学生都在滑手机，前一秒还在忧心大家怎么到现在还不读书，后一秒发现，不，他们在读，他们只是在手机上读。年轻人不买传统概念上的"书"或许不代表不爱知识与文字，只是他们不在旧的位置上用旧时候想象的那种方式爱。我想书的机会或许在于尽快接受"文本加纸本"的传统性质已被割裂、一般而言分则强合则弱的现实，未来既存在于纸张的物质感触里，也存在于内容如何承载科技工具渗入行动装置与线上环境的想象中（虽然其他国家早在这么做了），例如电子馆藏（再也不用跟同一门课的同学抢借那两本书！）或分章购买，实用性的工具书于此尤其吃香。至于像前述企鹅内外俱强的布面经典文学系列，就会在八年里出到八十七本，网路上甚而有收集交流与互晒图片的社团。

至于我自己带去旅行的那本书，现在好像还留在没收完的行李箱里……

去义大利时，因为除了"gelato"（冰淇淋）跟"gatto"（猫）什么都不知道，所以经过二手市集的旧书摊，目不斜视像经过一堆落叶；街道的书店橱窗看上去，也就是堆了各种花花绿绿的砖块。反正河岳与日星从来与辞令无关，长空与蜗牛的壳纹上也会有不明的天谕，就这样心胸轻快，走来走去，或是倒在车子后座瞌睡，面朝大海，春暖花开，当一个各种意义上都有够没用的人……我猜这也是观光客有时招人讨厌的原因，以梦游的眼神凝视别人日常的地狱，实在是莫名其妙。在中义，每走一个小城市，我们就是看教堂修道院，每进一间教堂，都只有义大利文，太轻松了，完全有借口不理解历史背景与地理脉络，只是迷幻地想着古老的建筑师们到底为什么，会知道将某些线条以某种方式彼此结构起来，能够召唤出关于敬爱、畏服、诚愿有所付托的情感，以及美的感伤呢？这太神秘了。

所以会不会仓颉造字时，"天雨粟，鬼夜哭"根本不是今日理解的意思？可能天雨粟是怜悯从此人类识字忧患始，所以送点米来请你吃顿饱饭；可能鬼夜哭是思及人类貌似找到有机会让物种无限接近灵魂与天地的梯道，却注定从此要在这条路上相互攻伐，恩怨不解，徒劳无功，故难以掩抑不忍之心？你看像我，一路这样，正气凛然地无知，真是绝学无忧，此外没有书本好买，身心与行李都完全不发生任何道义负担；在滨海城市 Livorno 一间山丘上俯望利古里亚海的教堂里，不派遣文字协助梳理逻辑与理性，一种混沌的宗教性体验与诗意情感就那样哗哗地大量涌出来了，自己也吓了一跳，好像有点体会台湾的护家盟一类组织的心理背景了——那就是理直气壮地不用脑，以及不识字。如此而已。

"本书还有很多重点，不过我忘记了"

01

半睡中读《徒然草》，就觉得吉田兼好是酸民吧。他说，人名啦名号什么的，使用生僻字眼，无益又讨人嫌，如此刻意求奇是才学浅薄者的必然表现。又说，船只尽装些 Made in China 的无用产品（唐货）渡海而来，真是不值得。

大讲女人坏话。讲名人们（诸公卿）八卦。嫌弃石砚台上摆太多支笔是粗俗下品的景象。有时写读书笔记，写到最后说："本书还有很多重点，不过我忘记了。"

也会转贴小动物趣闻：某人夜归，被动物猛然扑来扒抓脖子，他吓得大喊猫妖出现！其实是他家养的过度兴奋的狗。又，贵人误以为另个某人虐狗，对其心生厌憎，最后才发现是谗言，吉田兼好说这厌憎之心可贵可敬，点评为："一句话：看到所有的生物，没有慈悲之心，就根本不算个人。"

有时我疑心此其时之万物与经验并非线性继承而来。历史真的发生过吗？难道不可能是被共同预载在大家脑中的认知吗？这样想的人显然不止我一个，有个叫作"上星期四理论"的科幻猜想，认为世界上星期四才出现，所有背景与细节都是整组安装进来，我们自觉是记忆或经验之事也只是函数与模型之增添。所以才说太阳底下没有新鲜事。因此一三三〇年代的《徒然草》要说是平行时空的吉田兼好在二〇一七年的Facebook墙面合集，大概也不是那么不合理。

书中又记述这样的故事：有位押领史（大概是县市级的警察局长），认为萝卜（大根）是治百病的妙药，多年来每天早上固定烤食两根。某日恶人来寻仇，紧要时刻，官邸内忽然冲出两名陌生的死士，将敌人击退。押领史甚觉奇异，问说，两位勇士，你我素不相识，如此奋战，是何方大德呢？

对方回答："我们是长年承蒙信赖，每早尊食的大根。"话说完，人也消失了。这个自然观实在又残酷又多情。我猜想这大根神此后恐怕是赋闲多年，数百年后才在《神隐少女》里的电梯出现，养尊处优已经团团圆圆如《史瑞克4》里的鞋猫了。

02

朋友推荐我一位作者刘天昭的散文集《毫无必要的热情》。

她说马："马是这样美，又毫无媚态。"

她说芝加哥的冬天朴素庄严："好像写在纸上的一封信。"

她说旁观他人之呼麻："自己在楼上这么清醒，像一块顽固的秤砣，把云彩都压破了。"

她写音乐会："观众表现出几乎是过量的尊重，有一点想象中的古风，让人相信艺术仍然可以是一个独立的价值维度。"

她再写芝加哥的地铁列车发出叮叮当当的声音："像是来自历史深处的自信心，令人嫉妒。"

她写亢奋："有时看起来很像欢快，但让旁人看起来十分悲惨。"

都是简单的事，然而"灰冷玲珑"，我重复地慢读，有些时候知道里面哪一些说话恐怕要招人讨厌了，可是那样没计算地说出口又令人觉得憨。

封面的雪纸上，铺开大片的绿松。

03

读莫名其妙的清人笔记。一则讲耿精忠有个既爱而惮、十分善妒的姬妾名袁氏。袁氏与耿精忠之子有私，某日，跑去捉耿子与府外男宠的奸，"王子大惊，肘行以逆之，叩头求免"，男宠也跪在地上发抖，袁氏叱令抬起头来，烛光下一看，"美甚"，袁氏就说："你别怕，我又不会吃人。"（汝无恐，吾非噬人者。）然后就三人一起回到府第3P了（竟与偕归，亦留其乱）。后来袁氏死去，耿精忠发现她原来是一头白猿妖。

另则讲一军官，出城打猎遇雷雨，避入附近教场演武厅。结果发现奇怪怎么雷一直绕着厅的周围打转？抬头一看，发现房梁上盘踞一只琵琶大的蝎子，他想一定是老天欲灭此妖物，不如我也来射它一箭！结果下一秒就昏过去了。迷糊间，听到有几人围着他，说：

"ㄟ¹ 怎么办，劈歪了。"（误殪一人，奈何？）

"快看一下还有没有救。"（速视之，尚可救否。）

"好像不行，整组坏了了。"（筋骨皆脱，似不可活。）

1　注音符号，发"ei"音。

后来有一人，上前摸摸他，又说：

"没关系，可以用拼的。"（无害，可以镉之。）

醒转后军官发现身上关节处都是同样大小的疤痕。

04

烤箱室是全世界最无聊的地方，那台电视永远海枯石烂地播放新闻台，也就是说，如果我在里面烤到心脏病发，人间留给我的最后一句话可能会是："喝完春酒嗡嗡嗡，柯P会张善政谈空总。"

后来我就带小说进去。三浦紫苑两本短篇小说集都是这样看完的，十分钟刚好读一篇，故事结束就起身，也不必惦记。又可以重读。重读的话十分钟两篇。

今天有这一段："爱情会随着对象的爱恨或毫无反应而增加或消失，但恋慕可以自己一个人要陷多深就陷多深。"（三浦紫苑《火焰》）

我常看见朋友遇到非理性恋慕甚至产生强烈妄想的痴粉，很多情况是女子（不一定是异女，也有女同志）迷上男同志；年轻时觉得很奇怪，这荷尔蒙根本牛头不对马嘴啊，到底怎么搞的。直到现在才似乎有一点明白：一般而言、均值而言，在这个社会上对女人相对最没有攻击性与伤害性的，就是男同志了，而她们本能地嗅出这一点安全感，歪接了频道，像没有唱片的唱机拼命对空画着恋歌的空心圆。或许也正是因为没有得过亲善的对待，才会将人与人这一点稀薄的井河无犯之意，视作琉璃为地金绳界道的天堂：毕竟同性对待同性，或许有了解，却常常没有慈悲（或者说，愈了解愈难以慈悲）；而异性恋男子是能够如何地踩碎一颗无关的心，她恐怕也是比谁都有体会的。她仍期待有人拾。

05

《唐才子传》里写了一段轶事。白居易以老妪能解名世，但非常欣赏"瑰迈奇古，辞难事隐"的李商隐（好像不合理又好像很合理），喜欢到跟小他三十几岁的李商隐说："我死后若能投胎当你小孩就好了。"白居易过世几年后，李商隐果然生了一个儿子，也真给起了一个名字叫"白老"，结果，这个儿子笨得要死（殊鄙钝）。温庭筠开玩笑说，如果是白居易投胎，也太辱没了吧。

但我觉得这非常说得通，拜托，他当白居易的那辈子已经写了三千首以上的诗了，你就不能放他傻吃闷睡这世人吗？

契诃夫与他难说的爱情

　　爱情真难说。中文"难说"有好几层意思，每一层各有紧迫逼人的剪裁，然而爱情穿起来件件称身，都非常美，因为它自己比谁都逼人太甚。有时我们相信一些说辞，误会爱情等于感情，误会爱情等于爱，其实不是。爱情就只是爱情。

　　爱情不一定得以宏伟，爱情甚至经常极难保持任何一点干净。因此偶像剧的道理并不在主角多好看，而在这些多好看的主角能无限地舍己、精神洁癖、不合常理地贱斥各种阶级与人间条件，且多么羞怯又拙于使用契诃夫在小说集《关于爱情》首篇《美人》里，所写出的那种亦正亦邪的大能力："您看着，会渐渐冒出一个愿望，要对玛莎说点什么不同凡响、愉快、更真诚且优美的话，才配得上她本身的那股优美。"不同凡响、愉快、真诚、优美是它的"正"，"让人特别想说出某种话语"

是它的"邪"。

反派则必须算计，出尽百宝，至少必须计较、偏执、世俗。为己筹谋任何一秒都是破败大恶。反派必须当一个人。

其实人类都比较接近反派。又其实我们也知道日常生活里，漂亮鲜嫩成角色的男子女子，大多也还是更擅任拉斯维加斯的魔术明星。指缝间自动涌溢而出月亮般的银币，或银币般的月亮，随手操纵一百枚掷上赌桌，不知多少枚都是他或她自己的头像仰天向上。

§

偶像剧堆叠世俗的梯步，藉以无限趋近非世俗的纯洁，几乎是求神拜佛的意思，宗教似的半愚半真，但现实究竟有没有偶像剧的爱情（或神迹）？我想有，不过往往只存在很短促的时机，有时甚至是天使也测量不及的一瞬。然后它就小了，然后就握满了指印。作为杰出的小说家，这一层契诃夫当然非常懂。书中另篇作品《在别墅》："帕维尔·伊凡内奇在自己的婚姻生活中整整八年内，对细腻的情感已经生疏了。"契诃夫模糊、轻略而不无幽默地写着这种粗重状态。事实上这整个故事，甚至《关于爱情》整本书，从卷首青春懵懂的《美人》《看戏之后》，到中段杀伐欲乐的《泥淖》《大瓦洛佳与小瓦洛佳》《尼诺琪卡》，再到后半段欲渡难渡的压卷两篇《关于爱情》《情系低音大提琴》（此处可见编者遴选次第的心思），都在描述这种状态，但同时也显现出契诃夫相信让爱情震颤飞翔的绝细雪晶鳞翅（也就是偶像剧全力描绘轮廓的部分），并没消失，也不损坏，只是"生疏"。其实还在。

但这"还在"一点都不幸福，这"还在"让人受苦。灭了毁了，是个结局，从此做一个不信的人。"还在"却让人渴不得死，饥不得餍，死而不超生，入土不为安。你知道的，会闹鬼都是因为"还在"。假使偶像剧或通俗爱情故事是网罗蝴蝶，做成标本，矛盾地以死亡来保留生命的证据取信于人；契诃夫则是螳螂捕蝉，黄雀在后，捕捉各种捕捉者的姿态，描述人如何被"还在"无端折磨，而一切"只要来一阵够大的风掠过月台，或下一场雨，让脆弱的身躯骤然凋萎，这任性的美就会像花粉般散落而去"。

爱情不常等于爱，甚至不一定能够等于感情。爱情就是爱情，它太难说。契诃夫写："不管是写下的或说过的爱情，都是无解的，只是提出了问题，还是那种不可解的问题。因此就算有一个似乎符合某种情况的解释，也不符合其他十种。"或许在他的理解中，人类企图捕捉爱情的每个分镜动作、在空气中织造的每道轨迹才是爱情的真身；但又不是格言座右铭那样粗野地说"只问过程，不问结果"，而是如《情系低音大提琴》这故事给我的感觉：爱情原来不是琴盒里装着的"那样东西"，根本是那座提琴盒本身，"一直到半夜，斯梅奇科夫还在几条路上走来走去寻找提琴盒，但是到最后，他精疲力尽"。这似乎很虚无，但契诃夫的小说没有"站高山看马相踢"的气质，反而体贴摩挲。这是他的境界。

《关于爱情》里每篇小说真正展现的都非爱情，而是一个具有创造力的人，如何对其余人类与各种生活坚定保持恋眷，保持忧伤的绒细感官。它们隔着两百年俄国的冻土与海洋依旧降临你我眼前：爱情可以古今中外都这么丑，这么恶，这么愚笨，这么不堪，可是契诃夫仍无法不怜爱那些依旧爱着爱情的人。于是最后，小说家自己反而把自己浪漫地绕进去了，成为一个最"爱情"的、最"偶像剧"的主角……你看，爱情就是这么难说的东西。

玻璃的芦苇并不动摇

　　最近读了一本叫作《玻璃芦苇》的小说。以下将提到（相当粗略的）故事大纲与部分情节，不过，绝对不会爆雷。所以正拿着这本书翻到这一页的读者们，请不要担心……虽然说要在不剧透的情况下谈论它，其实也有一点为难。

　　难处在于《玻璃芦苇》简直像集线器一样一抓一把都是各式各样的戏剧设计与冲突桥段（我想改编成电影会很好看），如果必须绕开情节埋伏与线索转折，话头实在寸步难行，在完全不影响阅读乐趣的前提下，请容我点到为止地描画：女主角幸田节子，嫁给了母亲的前男友（这位先生是拥有一家爱情宾馆的富爸爸），从一名小办事员成为生活富余的夫人，与婚前的上司（兼前男友）藕断丝连，她不必工作，生活重心是参加太太们高雅的短歌写作会，但为什么集会里某个蛇一样的女同好总是欲言又止、时时窥伺？

故事即由幸田节子之死开始，当然，这是一部带有强烈悬念的悬疑小说，必然很快就会出现灾难、死亡、算计、暴力、杀意、谜团、家庭的矛攻与盾防、男女的怨纠与爱缠。

但正因为这些元素强烈的戏剧性，正因为这些"原物料"之张扬、通俗，同时又是大众小说里的家常景象，才正能彰显樱木紫乃一片异路风光。我很爱读日本大众小说（特别是女性作家），例如早一点的林真理子或向田邦子，近一点的桐野夏生、平安寿子，或者这两年我相当喜欢的辻村深月（现在再加上樱木紫乃），但樱木紫乃的口吻的确与众各别，草率点或许可以说是简洁，要细究才会发现那简洁不只是冷酷，也不只是冷静；若说是节制，又感觉这词意的覆盖率太低。

《玻璃芦苇》故事本质是激烈的、左冲右突的，也成功处理了几个有趣的题目，例如母与女之间原始的雌性的敌意、女性的同盟（母狮般的协力关系），甚至是小说中短歌会里成员们彼此的苛论，都足以视为精彩的文艺短评。但她把一切说得如此淡，而每一句淡话背后都有布置，像在黑色长衣襟里绣出暗花荼蘼，在众人皆不措意的长廊转角隐刻标记；她会将最重的事，安排在一个最轻便与最不起眼的位置，以最短的符号在最少的时间释出，一击即中，凡中即止，绝不沉溺，绝不渲染，绝对不在吐露衷情之后就仿佛喘了一口粗气如释重负、大张旗鼓地捉住读者开始无尽倾吐怨愤或哀音。

这里面有比冷静、冷酷、节制与克己这些词组更深邃一层的意志，叫作"不动摇"。

樱木紫乃似乎也并不期待读者在她的故事里"动摇"。通常，在故事性极强的小说写作里，写作者会难以抗拒"让读者心旌摇荡"的操作诱惑（或反过来说，读者也往往乐于并追求这摇荡），但樱木紫乃反之。《玻璃芦苇》情节本身非常引人入胜，即使一时看不出前述的细致设计也不妨碍阅读节奏，但过程中我格外强烈感受到在各种起伏曲折底下表面的"不动摇"，这不只停留在写作的技巧与形式上，也凝结成这本小说核心的精神性：我们常见麻木漠然的角色，一意孤行的角色，在命运涡卷中打转的角色，但就我而言，确实少见像小说主角幸田节子这样一个要说有情也非常有情，要说无情也非常无情，但不管你用什么角度端详，她都没有一刻犹豫、没有一刻局促不安、没有一刻被谁说服与打动、没有一刻费心与谁四目相对，甚至在全书中哭笑都不出声音的狠角色。

所以虽然它被宣传是"脱序的情欲""爱与恨""感官派"，

其实，整本书"洁"的不得了，没有任何一段堪称露骨，如果抱着寻找情欲或刺激犯罪小说的心情来看肯定会失望。如果问我，我反而觉得它其实是成功地从一个通俗的故事设计、一些简单的二元形象里，开展出"人的生活可能是什么样子的？"这个问题。

樱木紫乃的娘家就是在北海道经营爱情宾馆生意的家族，她自己婚前则担任过法院打字员，尽管我并不太喜欢作者论，可是在此实在难以抗拒（我真容易动摇啊）地要引入这个线索：实在没有什么比"经营爱情宾馆""法院打字员"这职业更"不动摇"、更适合拿来描述这本小说了，这两种工作都是在实质上不需要、不可以介入那些爱恨事件的，这或许构成了樱木紫乃自制、收敛、只在极细微处刻画，留给有心人指认的写作风格：在那些被立起档案的住房账目与被法律判断的生活中间，每个事实（或已知的事实）与梗概必然都无比精确，但事实的神经线路与梗概上的血肉也必然极不可测；所以当中也有真爱，但所谓的真爱其实非常黯淡软弱；也有心狠手辣，但那心狠手辣包裹奶油香味；也有体温，只是肌肤摩擦之际，感受竟冰冷如抵住北海道冬岸的礁石。

倒是另一个评点"怪物级杰作"可称贴切。"怪物级"三个字，或许未必适用于这本小说的量体或写作技巧（当然技巧是很不错的），但我觉得更宜于描述幸田节子这角色："湿原凛立玻璃芦苇，空洞簌簌流沙去。"这是小说里节子所做的和歌《玻璃芦苇》，在此，我们必须回到早先的关键字"不动摇"，它与冷静、冷酷、节制甚至是压抑等等词组，看似相近，本质其实完全悖反。后者一众的背面都隐藏了一个必须出力抵挡的方向，一种必须让人自持的力与欲；但"不动摇"恰恰相反——因为它不动摇，遂总是诱惑他人企图调伏它，"不动摇"的本身，就是一种力与欲，就是怪物，而电影里的英雄，不都要在经历各种克己的修炼之后，终于打倒那个凛立的怪物吗？

因此，玻璃的芦苇虽然不曾被谁拂倒（其实，即使她想柔折，天性也做不到），最后终究要以出人意料（或不出人意料）的方式破碎了。一个"不动摇的女人"，总是荣踞世人眼中怪物排行榜的前几名位置，这是她的宿命。

《玻璃芦苇》之后，樱木紫乃在台湾的译本陆续还有小说集《皇家宾馆》与《冰平线》。我也推荐《冰平线》。她是北海道人，曾说自己"写不出北海道以外的风土"，整个人仿佛血里流的都是雪，笔尖流出来的一切也像雪。

等等，这个说法俗了，现在一般也没谁拿笔写稿子。改一改：她的键盘一颗一颗大概都是冰块镶的，指尖的血管，稍微热一些，都要坏了事。

关于文学奖的一点回忆

前几年金马电影学院找了我作品去给学员练习改编，其中有个学员当时为了这作业偶尔会 e-mail 来问些我自己也没想过的细节问题，心很细。后来学院课程结束，他回去后偶会寄他写完的小说给我看，其实还不错，缠绕而暴裂，我看到的大多是中篇，有些是长篇。

某次他在信里谈起，中国各类各地相关刊物看上去多，但二十几岁的学生，念电影的，没有什么师长朋友提携，发表并不容易，他又写得特别长，随手三五万字，量体不讨喜，投稿四处碰壁，沮丧至极，怀疑自己是否毫无才能，只是浪费时间。我说这我也不好说，毕竟这是你的人生，不论鼓励或劝阻，仿佛都不对劲。不如去尝试一些篇幅较长的文学奖项吧，总比你每天心眼往内把自己盯到绝境来得好，至少改改稿子什么的，是件分散注意力的外务。他说他会试试。一日，忽又收到信来，说在"BenQ华文世界电影小说奖"得奖了。我觉得蛮适合他的路数。

二十几岁时我第一次参加的是"时报文学奖"，因为当时编辑告诉我即将出版的极短篇集字数不够……必须再凑五千字，所以就写了一篇预备放在书里、相对较长的东西，大概三千多字。那时我应该大学刚毕业一两年，但出书的因缘完全不是那年代的习惯，而是来自大学时代在网路认识的大朋友们，当时他们有许多也都还是三十出头的青年呢，比现在的我还年轻，大概我们都觉得这各种混搭的交谊很新鲜，常常混在一起聊天，吃吃喝喝。后来其中一个年长好友说这篇补白的作品放着也是放着，距离出书还有段时间，恰好是时报的征件期，规格符合，可以投去看看。我说我意志非常脆弱，万一淘汰了，心情会很不好，需要一段时间复原，对方说这太没出息。我想想真的是没有出息，一赌气就寄出去了，但那时运气还不错。

后来两三年若工作空当还能写些什么也会去试试，好好坏坏，大概都对年轻时的各种自我怀疑与心脏强度有些正面的测试与磨炼：现在回头看，我对人生的确属于比较晚熟的类型，浑浑噩噩傻吃闷睡的时期比别人长，三十过后才真正弄清楚自己做得到什么、做不到什么、擅长什么与不擅长什么，但那段过程的确帮助我慢慢建立看法，算算前后大约五年，五年后有个自觉该停止参加，也就停了。

我这一代的人应该会同意文学奖对我们而言不太复杂，比较近于年少时眼前一团黑四处摸索时抽出的一个可能的线头，或对于基础文字技艺的一点确认。事实上跟我差不多时期得奖、年纪也差不多的人，大概没有谁是（像一些旧想象中）就忽然身份地位不一样了。当然它可以让你的履历看起来丰富些，收到奖金支票很开心跑去存起来。但也就是这样。现实上大家还是实打实地工作、读书、在摇摆不定的生活中且战且走，当然也不会（像另一些旧想象中）成为"文坛"争相搜求的对象，特别那几年台湾翻译小说大热，本土作者多半是淡淡地认命地写着或者不写着。

很久后我把积稿像掉在地上的芝麻一样扫扫，勉强凑出《海边的房间》，则是因为当时的主编是报社时代每天一起吃饭、买玩具、交换小零食的负能量小伙伴，我们对彼此有足够信任与默契，也有一定程度了解，她在淡出鸟来的市况中出版没卖相的东西很有勇气。说起来我倒是真的一直出外靠朋友。

当然世间能量守恒，被照顾的人另一面也会被各种酸。总之，种种过程外界或许不明白，也没什么好说，但一起经历过这十年的人应该都有些不足为外人道的会心。至于十年来的地景生态变换已有许多谈论，在此不赘述。

我领受过文学奖这件事的善意，也曾因它数次挨过无妄飞来的公开羞辱与暗中攻击的耳语。它有其美学与结构的盲点，我相信这也是很多人跟我一样，在透过它验证技术的过程中，稍微在手艺上有点把握后，会自觉或不自觉撤出那个场景的原因。只是收到那个孩子的信后，有点想起十年前的自己，没有相关的养成背景，也非名门正派出身，但茫茫然中就被遥远而偶然地拍了一下肩膀，像在一个统统都是陌生人的活动里有人主动走来，跟你聊了两句，称赞你的鞋子或外套挺好看的，虽说很快他也就走掉了，但那五分钟的对话足够让你在这活动里再待一下，再尝试一下。长远来看，得奖的远期影响其实也不大，一切进展往往不来自奖，而是个比别人想象中更慢、更长、更磨、更沉默而费力的过程；我终究走上它的原因一方面是多年来有些坚固的朋友持续扶持，一方面也是自己一生技能树点得太偏锋，活该转不出去。总之好或坏都说不上来。这是我自己关于文学奖的一些回忆。

一点神秘

忽然意会到的事。在一个博物馆里古董珠宝的展示柜前，扶在玻璃上我左手的 H&M 塑化戒指与手环，显然更火光照耀，颜色更饱满，形状更漂亮。

然而这两者在人类眼中的价值刚好相反。为什么这更趋近完美的物质显象，在人类的价值序列中，却远不如玻璃柜里那更小的、更浑浊的、更萎暗的、更不规则的？

或许我们会说那是因为时间与历史的因素混入了，但显然并非所有吸收过时间与历史的物品都为人类所珍视。或许我们会说物以稀为贵而后者大量复制，但世界上有许多稀有的东西：即将死亡的语言、一个物种、一份情意。它们往往也被随意忽略。或许我们会说因为一者恒久坚固一者易于损毁，但是河边的礁石，岂不是也很恒久吗……

后来我感觉让人类珍视的关键往往是一种偶然与神秘性。一种人类自知穷尽解释与探勘极限也无法揭露的神秘性。偶然与神秘性同时带来一种逼迫感，把人推向着魔、出神或发癫。但是那种逼迫感也是我们在经验艺术品时得到的一种快感。想象一枚塑胶宝石的制造，原理原料比例制程都是裸露与可理解的必然的条条框框。然而一块翡翠在矿山，科学虽然为我们解释这大约经历怎样的压力，混合如何的物质，然而究竟为何偏偏有着这样那样的成色，这样那样的结晶方式，我们不可尽解，也彻底没有办法去捕捉那时间中的偶然。为何那么完美的养珠价值永远不如天然珍珠？因为我们珍视偶然，敬畏偶然。偶然展示着人所够不到的位置。

艺术，或者说得俭朴一些：人类的创作物，也富有这样一种偶然与神秘性吧。人是不透明的容器，内中装备无一相同而运作原理并不重复的机械装置，各种环境与人情，各种的生命遭遇与生活性质，这么地随机倒入各种不同的容器，都是盲龟浮木的偶然。而创作者们则是这些容器中带有破口的类型，它们倾倒出来各种各样的结晶体，我们看了，有些就很喜爱。与其说是结晶体的样子投我们的心意，不如说我们不断地惊叹耽迷这神秘性的无限运作。这是为什么我觉得，人工智能往人类创作领域发展，关键从不是它写得好不好或它写得能有多好等问题。

没有远方的时代

我以为好的小说必然也必须有个核心，或可称为一种"what if"意识。这个"what if"，放在大量采用经验世界之真实的作品里，会是一种再叙述、再发现与再诠释（比方以新闻事件为蓝本的作品，写作者尝试给出"现实定本"之外的说法。或找出被固着答案所掩盖之幽深）；放在使用小量经验世界之真实、大量变造与重建的作品里，会是一种尝试延伸各种经验素材，并看看能否借此抵达"不可见不可触之远方"的企图（一个通俗的例子如《魔戒》）。好的小说不会只是记录、叙述与做出反应，同时我想这就是所谓"虚构"的意义核心：听故事读故事与说故事的人，全是共谋，他们一起透过故事中潜伏的"what if"之提问，试图找出一条抵达存在之真实的路径。（奇妙的是，在中文里"虚构"与"假设"不也是对仗与单字颇可兑换的词组吗？）

然后奈飞（Netflix）的《潘达斯奈基》，利用科技工具，把以上关于小说与故事的本质意义一网打尽。

《潘达斯奈基》提出的意见都不是新的，小至剧中剧、阴谋论、第四面墙的幽默，到"人类可能只是一个恶意上帝的休闲娱乐""平行时空相互干扰、非线性的时间结构""人生可能只是一串电脑编码"，以至于"人类到底有没有自由意志"这种中世纪僧侣们每天烦恼的问题。但在传统的文本形式里，这些审问的视角非常有限。《潘达斯奈基》所做到的"what if"，说破了其实只是把视角的指针灵巧地不断轻轻拨动而已，把"审问"调转头来变成"被审问"，而被审问的同时，当然你也不免忍不住抬头看看自己举头三尺有没有神经病。因此在《潘达斯奈基》中，观众既是写着故事的创作者（以及游戏设计者—如本剧主角／命运之神）；也是被创作物（游戏角色／人类）；同时也是读者（玩家／巫者）。创作者、创作物以及创作者与创作物间的介点，三位一体的视角结合，讲着好像很简单，然而在适当的科技工具出现之前，没有任何传统叙事技艺（如电影、戏剧或小说）能完整传递这种体验。即使电脑游戏能做到也很有限。或说反而更有限。因为游戏比看戏读小说的自我投射更强烈：游戏者的视角与立场几乎与游戏角色完全叠合，角色一般不被意识为"另一个被操纵的意志主体"，而是游戏者在游戏世界的分身。

抖音、爆料公社、全民直播、Google 街景车，经验世界之真实，如今已铺天盖地到比无限更无限了。它给小说写作者带来的困窘，用一个粗浅的说法是："真实已比小说更小说。"但这句话真正产生的问题，不在于你写不写得过真实事件，或者有没有造出更新鲜稀奇的东西把真实比下去，而是，世界前所未有地与你裸裎相见，每天脱光在你面前走来走去，人类与经验世界快速地老夫老妻（或老妻老妻，或老夫老夫），以至于你若想透过描绘与讲述当下的时空，去建立那个"what if"意识，是前所未有的困难，因为实在太满了，太挤了，太透了，"what"自己二十四小时源源不断送上你的手机推播，哪里有"if"呢。而今之世，小说很难"以当下处理当下"，当下也没有什么空间容纳关于"what if"的欲望及其膨胀：因为此刻的困境其实是真实大到无法处理而无法处理到焦虑，懒人包实在不是懒而是有心无力、"代消化"作为知识经济、各种科普与各种被科普……

课题是不断安顿媒介到眼前的各种真实，及其隆隆而来的各种求解之需求（毕竟人类有史以来从未像这样每日获知如此大量的事件啊），想象碾如纸薄；同时，"what if"关乎内在与外在世界的远方，但这又是一个没有远方的时代——人际如此拥挤，人的内在如此暴露。物理空间如此可见而易达。我每天看兼六园的live cam（实况）直播。而如果你能忍耐着看到这一句也是不容易。所以逐渐发现许多敏识的小说家出发到时间里找远方：回头以历史处理当下，或往后以科幻环境对当下做回应。通俗文化或许是更早意识并尝试处理了这个"传统说故事者"的危机，这几年都有很出色的作品，比较暴力地描绘的话可以说是结合历史与科幻元素（天啊"结合历史与科幻元素"这几个字写下来乍看实在有够烂），但事实都蛮成功的，例如《怪奇物语》《一级玩家》，还有这个吓死人的《潘达斯奈基》，他把时间设在八十年代不是没有道理的。你可能会说不是啊这故事哪有科幻元素？乡亲啊，全世界每个使用者，在每个分歧点按下的那一键，都是这个故事的科幻啊。

我以语言为业，但是愈来愈不相信语言。语言最不可信之处正在于人类一向对其太过轻信，轻信标榜与口号，轻信白纸黑字，轻信振振有词。语言有力量（有人描述为言灵），然而那力量不来自符号本身而来自人的信。这些稿子陆续形成的五六年间，大多时候，前后左右天地人畜，我无言以对，无心说服别人，没有力气说明自己，积稿也不多。

我知道自己也有那个能力，将沿途所有的动机与做事，说出一种沉甸甸大道理，让某一种要吃秤砣才能铁了心的人觉得一切好值得好有重量。

偏不要。

我的心已经铁，对秤砣没兴趣。

现在看起来，这些稿子之于我个人的意义与差异，大概只是从家里有猫过渡到家里没猫。人到一定年纪，活得太娴熟，要在不重复自己的情况下持续吐露并不容易，或许此书之后，再也没有写散文的兴致，但也不遗憾，最起码书封上画了大白猫，功德圆满。

戏与戏与戏

01

有些人是这样，他们每一句话、每个动作，都有机算，都有筹谋，都为了服务或促进某个不明说的目的。我不喜欢这样的人，但技术上，他们好看。像电影有精准的剧本、精确的运镜、精致的演出，句不虚发，绝不浪费任何力气在导演觉得不必要的位置。我猜这也是种人生如戏。

02

在网路找到大学时代看过的旧日剧《最重要的人》，当时香取慎吾还没莫名变成蜥蜴，观月亚里莎还是刚出炉的肉包，两人多年来从未以演技见长……在这戏里倒是如实演出戏外刚满二十一二岁的样子。有天午夜他们从横滨搭末班电车去到伊豆海边，熬夜聊了很多青梅竹马的事，鸟叫纷纷、天空青紫时再赶首班车回去翘课或上班。鞋子里都是沙。从前看这类桥段没有什么，现在第一个直觉是通宵不睡觉是要谁去死。第二个反应是有这么多话讲果然是二十几岁的事。我们九十年代电话要打到家里房间里放迷你音响的青春的确是这样挥霍的。青春真像游乐园的代币，精算着用也是好，大手大脚地撒也是好，但后者总像更好一点，若当时没有在恐怖屋、咖啡杯、摩天轮、旋转木马、云霄飞车上拼命地花掉，熄灯之后走出来，两个口袋坠得沉沉的，一步一声丁零当啷，脚步就永远有点重量往下拉地踟蹰了。

03

　　觉得《美国动物》会是很好的约会电影的我肯定是出了什么问题。但两个男主角是《圣鹿之死》的 Barry Keoghan 跟美国恐怖故事系列的 Evan Peters，这组合会出什么问题呢？选乐很精巧。其中的真实人物比演员还帅还有星味，我很想说这是穷人版的《瞒天过海》，但不是，可能因为这个"又不是"

导致 imdb 出现尴尬的 7.1 分，它的风格化程度可能不够满足非常追求风格化的观众，娱乐性也可能不够满足非常追求娱乐性的观众，但正是这样才能成为完美的约会电影：好看，不太俗气，而且看完大家还能维基一下这个荒唐的真实故事，得以将你们之间终将无话可说的时刻，再往后推一点。

04

逛豆瓣，见一人颇指点江山貌，说某电影之导演编剧等聪明太露等等。

我心想：可是，有聪明不露，难道要像你一样露蠢吗？

05

浪漫电影里常见的：送一打盒装系上丝缎带的长梗玫瑰。长梗玫瑰除了躺下，放在盒子里，没有任何更好的处理方式，如果不狠下心截短它，无论怎么弄都会丑到没朋友。或许盒装的长梗玫瑰就是细致地表达这个粗意思："望您躺下，躺下更美。"当然"望您躺下"有时也不是什么好话，所以《魔鬼终结者》史瓦辛格与《热天午后》艾尔·帕西诺都假装自己胁下挟的是一盒要送人的长梗玫瑰，最后从里面哗啦一下掀出了来福枪或什么的。枪是攻略者的浪漫，玫瑰是心的热兵器，但这真是很西方的。换成日本人，虽说维新有成，各类影剧作品中至今依然有意无意地将枪支作为背义与狡猾的象征，那是一艘至今没有开走的黑船。

06

"自我感觉良好"一路大概有两途。之一是"处处觉得所有人都比自己差"，之二是"不觉得自己处处比别人差"。其实，后一类反而是颇可长久为友的。至于前一类还有个亚种："处处觉得所有人都比自己差，又觉得这些比他差的所有人都过得比他好"，最后，浑身发毒，毒死身边一圈人，直到毒死自己。

所以看《乐来乐爱你》时，那句台词出现时就感觉这关系已经死路了（虽然故事到此只一半而已）：为巡回表演争吵时，女主角担心男主角对世俗的妥协终将让他不快乐，男主角反而对女主角说："你是不是就想看我潦倒，好让你有优越感呢？"我想都不是任何人生的高低错步让两人岔开，是这句话注定的，无论男女有这一念出现，已代表既不能与此人共患难，也不能与他同富贵。那究竟能如何走呢？

镜头给了艾玛·史东一个漫长绝望的表情（话说她在戏中演一个"演技不怎么样"的女演员还真是演得不错），那绝望不是伤感情而已，不是"你怎么能讲出这种话"而已，而是预见了一切的不可能。"我们愈来愈好，但再好也已不可能"，所以那颗镜头在时间上给得稍微有些超乎电影节奏的长。那是有意识的。跟这样的人在一起你当咖啡馆的店员也行不通，你当大明星也行不通。跟他并肩他暗想你是否将超越他，稍微往前他暗想你是不是不满现状轻视他。虽然男主角其实做了所有"这个角色应该做"的事（例如拖女朋友去试镜），但是"应该做"和"真心想做"之间其实是有距离的，不一定是帖然无词的。

所以，最后一段蒙太奇平行时空回放中，为了将那个争吵点拿掉，其设计是让男主角将黑人乐团旧识随意打发而去。不过，其实也可以让女主角跟着他巡回吧，因为，顺风顺水的男主角，配上一个挂在他背包上的女主角，同样不会出现仿佛在橡皮筋上留下隐形致命断口的那句言语。但谁又活该在谁身后三步亦步亦趋？没有那句话，他们或许能撑过剧中留白那五年。当然，恐怕也只是五年。

哥吉拉没眼神

　　《正宗哥吉拉》有个特色是：哥吉拉没眼神。之所以不说"双眼无神"，是因为这个形容具有生命感，而生命感就带着交流的可能或脆弱缝隙的想象。但这版本的哥吉拉不是。它没有眼神。或说眼睛中显示着瞳孔散开的无生命迹象，若将其与过往的哥吉拉并置，差异更加明显。过往的哥吉拉眼睛多半很有意志，很锐利，很集中，很兽，也很真；但正宗哥吉拉的眼睛，说像玩具也可以，说像尸体也可以，如果单看脸部特写竟觉得那有点假，太无机，有"特摄感"。

　　因为《正宗哥吉拉》做不到真吗？开什么玩笑，我才不相信。且正相反地在哥吉拉以第二形态初次登陆东京侵入蒲田那一幕时，我感觉自己吸一口气往后贴紧椅背，意识到：这个"特摄感"正是它极为恐怖的来源（除了眼神还有第二形态几近塑胶感的荒谬体色）。

　　过去特摄追求"逼真"，利用各式各样的拍摄技巧催眠观众"这东西很真哦！"然而一旦技术愈逼愈真，现在回头再看特摄，便只感觉一种朴拙心力的可爱，因此在《正宗哥吉拉》里，庵野秀明对特摄时代的致意，恐怕是"逼假"："要死了要死了特摄这东西不是假的吗！可是这么假的东西居然真的出现了吗！"以假乱真很寻常，但当你早就习惯它是安全的假，一旦竟然成真，那就非常可怕。特摄在感官与意义上的变化，在此得到整理与本质上的活用：不只召唤视觉刺激的细节，也叠合了我们投向特摄的、由昔至今的不同视线，不是平板照移的"致意"。尤其是当你发现只有哥吉拉富有特摄感，其余人物城市一切场景，如此精细真实（看看那些年他们一起开的一万场会议），并在哥吉拉场景以外大量使用纪实式的影像语言，就格外显现出其中的噩梦气氛——好像是，当所有人已经知道噩梦只是噩梦的时候，正醒过来躺在床上拍拍胸口说哎呀好险好险一切是做梦啊的时候，结果，往窗外一看，哥吉拉远远移动过来，鳃裂血水喷冒，身体布满伤口，黏膜与皮肤露出赤红色的被破坏的筋肉。

　　电影里的哥吉拉是只要有空气与水就能运作的天地怪象，

人类与其彻底难以交涉。朋友对我说："庵野秀明就是这么坏！这种无机的恶意！《新世纪福音战士》里有一种使徒连脸也没有，就是个方块，有一天，天上飞来一个方块，就把大家杀掉了。"如果《正宗哥吉拉》的哥吉拉是逼真的巨兽，带有生物气质，就代表彼此具备揣摩基础，那就是另一个好莱坞的《酷斯拉》或《环太平洋》，它们都有理由，有理由就有罩门，有罩门我们就不彷徨，那也就不过另一部怪兽电影了。

成角儿的鸡毛掸子

电视重播一九九一年的动画《美女与野兽》，现在再看才感到主要配角的设定意味无穷。

这群主要配角原本是古堡里的臣仆，因同受诅咒，变成各类家具与日用品。而他们的位阶也具体表现在所变化的物件上。

日用物的阶级决定粗用或细用（好比古典小说里的粗使丫鬟、贴身丫鬟，以至从小就在一起的贴身丫鬟），当然最重要在于对物主是否具有精神上的附加价值。

位阶最高的是小型座钟。为什么是小型座钟而不是大的座钟呢……当然可能是角色作画与画面设定的考量。不过，在腕表普及之前，欧洲的确流行一种小型座钟，是专为吃饱太闲没事跑来跑去一下子避暑一下子打猎的上层贵族与皇室旅行携带所用的奢侈品。"任何时候都能轻易知道现在几点"在很长一段时间里是很大的特权。

次一等是金属烛台。可以注意到座钟（锚定时间）与烛台（光线与火源），在文明进程上一般都被认为有重大意义。再次一等是代表女管家（和僮仆）的瓷器茶壶以及小茶杯。瓷器这东西可攻可守，可以是来自古中国的娇客，可以是普通中产生活里的什物，也可以是人类对"工"与"艺"具体而微的追求。

以上这些主要配角都有对白（言说能力）。除此之外，一般的桌椅汤匙什用物等等则没有对白。且从电影里设定看起来不是没对白，而是根本不会说话。也没有专属自己的五官与脸（例如狗就变成了脚凳）。

只有一个特例："鸡毛掸子"。若按照这卡通中以人化物、以物拟人的逻辑与判准，鸡毛掸子应该不能上台面、不会说话，也不会成为配角集团里的一员。

但是，这个扫帚（鸡毛掸子）因为年轻、妖娇，而且和烛台有一腿，所以，她成了角色。

我真喜欢《七武士》

　　看完大荧幕数位版重现的黑泽明《大镖客》和《七武士》。它们是需要一看再看的片子吗？不一定，我在电脑和电视上放碟各已看过两次，但坐进电影院才清楚体会，某些电影的确是为了照顾这种量体的荧幕而制作的，特别没有彩色没有特效，处处真剑胜负[1]，例如《大镖客》里三船敏郎有一段瞳孔从昏散、进光、放大、醒觉、凝结，而后精光迸射的过程，重量控制到刚刚好。它若在小尺寸上看效果必然差一步（甚至许多步），但若让镜头的笔触再夸张，又要显得油。

　　或例如《七武士》的雨中决战场面，单论数字，来犯土匪

1　"真剣勝負"（しんけんしょうぶ）是日语短语，意思是"认真的较量"或"全力以赴的竞争"。

不到四十人，农民反抗者亦仅数十，武士七名……这人数连富士康的一条流水线都填不满。然而在大荧幕上不见支绌，从容饱满，不逊今代各种豪猛战争场面。如果它是一场只玩技术的场面戏，以今日观众的胃口恐怕只会觉得它"笨拙可爱"，不可能在六十年后依然震动于其意境之孤绝、精神之壮烈。

在影厅黑暗的屏档中，明知放眼都是假事，仍难免被骗了一下真心。这就是电影。因此若是只长技术不长情怀的作品，大概也像只长个子而不长心眼的人，或许憨傻可爱，但也就是憨傻可爱。

倒是马拉松连看五小时后，出来才想起，已不知有多久不曾完整五个小时过去只专心做一件事了。之前有人问我不工作时候都在干吗，细想一想才发现，若不工作或不玩游戏，我还是会读点书。有时不为内容，只是刻意转速调慢，把精神的缰拉一拉。我又因讨厌人群而尽量避免出门看电影，但渐渐觉得电影院其实和读书一样，现在最大效果已不是往外与世界连结，反而是往内对自己的克制平抑。不开手机不用笔电也不便时时跑厕所翻冰箱。也因此这次才想通为什么《七武士》里三船敏郎的角色被认为是主角，或者胜四郎与男装农家女的恋情之所以嘈嘈懂懂，半推半就——根本不是因为他生嫩，而是因为他所恋慕者根本是剑客久藏吧。

《七武士》的明面写哀悯。"农民的天分就是恐惧""就算土匪没来，还是得喂饱武士"，农民"与平"客舍捡米一幕，不带人脸与表情，但镜头前落地的每一粒白米都是拾不完的眼泪。也舍不得吞。白米是馈赠武士的资粮，他们自己吃糠。暗面写的是时代与时机负人（落魄武士）在先，人尚且要为时代偿债在后的严酷故事。化身成人当然有各种悲哀，但"生不逢时"这已经用旧的四字实在为最，一个人的天性与才长不被时代需要时，时代绝不可能开恩，如何努力，终归徒劳。弃材的悲剧将彻底取消任何人力与反抗的意义。

片子最后，恶战终休，农村依旧回到季节里，行若无事地击歌插秧——不插秧是不行的，否则没有饭吃。因此，没有什么比农民更贴近、更宜于象征"时"（时间、时机、时序）的角色，他们身上绑定的周而复始的节奏，亦是"时"的刚刻。而武士终要为他们所弃。电影最后一句台词很有名："这场战争真正的赢家是农民，不是武士。"说起来，所有战争的赢家，都只会是时间与时机（以及被他们眷顾的一方），人的胜利最多只是勉力留下的一种意志的姿势，像《七武士》终幕那四座土坟，与上面插着的刀。

所以我喜欢看同样演员在不同片子里的前世今生，他们在戏中的生永远逢时。三船敏郎跟黑泽明的遇合终究是一期一会，他也只有在黑泽明的电影里是"那个"三船敏郎（黑泽明力保三船进东宝的典故大家也都知道）；又如《大镖客》的仲代达矢，与小林正树《切腹》里的仲代达矢，两片上映时间只差一年，却简直不知是经过多少轮回的后身。或者单说《大镖客》与《七武士》的加东大介也好，在后者他端重而清和，在前者则又粗又浊真如猪一般。名为"亥之助"实在幽默得要死。现实生活中，加东大介的儿子（加藤晴之）后来娶了黑泽明的女儿，但生下长子后旋即离婚，加藤晴之曾是Sony的工业设计师，现在则是荞麦面职人……真是谁说人生不如戏谁才是傻子。

其实我更喜欢的是小林正树。小林正树的武士电影几乎完成了我自己对一部电影的所有期待：叙事克制而精确，镜头讯息量饱满，还有压抑至近乎无情的观点。无情不是缺乏情感（其实，无情也是一种情感），缺乏情感的作品不可能产生意义，小林正树只是不把情感广泛沉浸在故事的枝节与水面上无风起浪半空缭乱。他似乎天生对人类的各种处境胸有成竹，并不自惊自怪，并不控诉追问，黑泽明像火，小林正树像一泓冰。

例如在《夺命剑》里，藩主的侧室阿知（司叶子饰），狠狠动手修理了新宠阿玉。

众人遂风传阿知悍妒泼辣，阿知被斥逐出府，遣嫁给一名武士之子。婚后，阿知温柔恭敬，武士一家觉得奇怪，她才说起自己十九岁时本有婚约在身，遭五十几岁的好色藩主以延嗣为由强娶入门。阿知内心非常屈辱，所以立志，既已如此，就赶紧生下儿子，并且愈多愈好，以免未来有更多年轻女子遭逢不幸。谁知她初见阿玉，发现对方神色踌躇满志。"那不是嫉妒，而是愤怒，世上竟有以此为荣的女子！"片中说。

阿知天真不知世事（不管你生几个儿子都跟男人想吃嫩妹不成正相关的），然而心志庄严。自己深恶痛绝、引以为耻的命运与身份，竟有女子为之沾沾自喜。阿知的心情恐怕比"愤怒"还复杂，混合了瞬间体会自己好傻好天真的难堪，以及发现自己委身忍辱的主意，在男人的权力与性欲之前只是扮家家的绝望。小林正树对女性有惊人而慎重的洞察。

《切腹》情节无法在此细说，它与另一部小林正树的名作《夺命剑》，讲的都是"绝无生理"之事，但《夺命剑》尚有一点情意喘息的空间，《切腹》则处处孤绝惨烈，向死而死。尽管《切腹》一般被视为小林正树对政治与传统的批判，但在这个普遍服膺生命无价、决不放弃、戏剧化逆转等强迫症修辞的时代，现在重看《切腹》，反而深觉它聪明地调动历史背景与文化符号，让那些人间绝路，在通往无人闻问的终点之前，能在艺术上得到开解。

这是鬼面的佛心，修罗的神性；就像小林正树从不正面地流露与催动观者的慈悲心，却是让人忽然理解，"不慈悲"有时可以是多么不可饶恕的事。

两种恐怖

01

《圣鹿之死》跟《单身动物园》一样，Yorgos Lanthimos 在他的剧本里安装一种乱以他语的奇巧设置，并以此表述某个清晰的价值取向。在《单身动物园》是假托近未来半科幻的爱情故事，讲反乌托邦；在《圣鹿之死》是附身在玄奇惊悚与家庭剧场之上，讲神恶论。《圣鹿之死》虽说片名来自希腊神话，但我觉得这也是乱以他语之一节，电影通篇都是基督教／天主教符号，母亲亲吻少年双脚，女儿亲吻父亲的手，说到亲吻父亲的手，那场戏中她的发言完全是一段祷词。双脚麻痹，又能行走，布道大会中常见的神迹表演，一如彼得医治瘫痪；眼睛流血也是非常经典的宗教异象"圣像血泪"。在医院的窗边，女儿看见了少年，对他挥手，可是母亲看不见，这是进入宗教信仰与外于宗教信仰的差别。

不过对我自己而言，最具意义的在于剧本的一个技术细节：它完全不解释、不交代为何少年有如此的大能，他只是叫你信，"反正他就是可以"。完全复制了宗教往往如何地不解释、不交代，只是叫你信，"反正祂就是神"。然而神是什么呢？在故事里，神是恶意的少年，怀抱原始粗暴的价值观（一命还一命），人的命运只是在他的恶意上膛后，透过无稽的随机（自由意志）击发扳机（最后大家吓到尿那场戏）之结果。

并且，在那之后，你依旧得忍受他不时推开门大摇大摆走近你，坐下来，在舒伯特的圣母悼歌当中，踌躇满志地凝视你。似乎有些观众是抱持看恐怖片的心情去看，就失望了，但我个人实在是觉得，有神的恐怖片比有鬼的恐怖片还要恐怖。

02

《逃出绝命镇》中令人不愉快的情绪张力，很大一部分来自白人家庭的"表演性"，当然谜底掀开后我们就知道那表演性从何而来，也能推测出（尽管电影没有说）每一次的诱骗行动恐怕都一样：从爸爸讲欧巴马是最好的总统，到女友弟弟晚餐桌上泄露的童年糗事，大概都是同一套演练娴熟的舞台与台词设计。问题来了：在人际关系中，"表演性"非常令人厌恶，但最终竟是得经过小说或电影这种"表演（动词）表演性（名词）的表演（名词）"，借由创作者的再叙述被短暂地指认出来，像是《七夜怪谈》片尾真田广之的鬼魂面覆白布，低头伸手指向一个诡异的位置。

表演性带来遮蔽。因为人是非常提防同类的，求生本能告诉我们同类的伤害性有多强，因此遮蔽将为被遮蔽者带来极大的风险（所以，也有一种刚好相反的叙事是，很好的人表演得很坏，那时最终的揭露就会让人感到温馨以及松一口气，解消我们对遮蔽的焦虑不安）。《逃》从三个位置渐次推进关于"表演性"的陈述（并且以种族的政治操作推高其戏剧冲突），并随着剧情展开将焦虑移动到第二个较深的位置：亲密关系。片中女友的角色设定已清楚地主张：一旦我们在亲密关系中表演，意义就接近背叛，甚至接近谋害。

不过在我们较熟悉的文化圈里对于男女关系，传统上，不太赞成无间，认为是狎近侮慢。甚至可说是鼓励这种制造距离、维持美感的表演，而且这概念并不退流行：日本那支女人如何透过"联谊连续技"的表演与计算以捕捉男子的冰品广告就是很好的例子。在亲密关系中表演是不祥之事吗？《逃》认为是，我以前也认为是，是近年才忽有所觉，以遮蔽接待遮蔽，恐怕也是因深刻理解了"他人之不可能"，所产生的哀愁策略吧。中文有个说法是"夫妻互为敌体"，"敌"的意思虽是地位等齐，然而每见此词，总感到共枕即战争，即壁垒的刚冷之感。

而"表演性"在故事里制造的最终恐慌，在于男主角接近尾声时的遭遇及其抵抗（也就是故事的梗）：被催眠，身体由他人的意志接管，身体之偶由他人操作，意识从叙事者退为不能发言的旁观者。当男主角的物质身体"被表演"了，人与我的关系再度下潜到自我与自我的关系，从谈论"表演性"，转换为谈论我们的"表演欲"，我们不喜欢别人对我们表演，可是，当我们自己被剥夺这权力时，却既裸又脆弱。电影视觉将主角被催眠后的意识设计成无限往后推远的荒芜漂流之感，外界活动像个小小的只能看不能摸的电视荧幕。

既是自由意志的最终噩梦，也是这个主题的最终噩梦，大概也是这人人都能对任何事物处境说上一嘴的时代的噩梦：每个个体在大场景中，未必都有重要戏份，但在私人史中必然是主角，然而，连这样的主角位置，都要被放逐，都变成戏台边缘处的小配角。（岔题：所以有些人会沉溺在私人史中的主角位置，一生无法接受大场景的故事未以他为中心展开，无法接受自己不得王子公主的待遇，并且，就此表演着悲剧角色，当然也就有人会误以为"悲剧角色"便代表"悲剧"极其庄严。）（再岔题：不过，被装置在黑人身体的白人意志不会质变吗？电影中不及处理此节，但其实这完全可以开展成另一个故事。）说到设定，其实这概念《换命法则》做过，但是《逃》相较之下在细处做了打磨与雕刻功夫，就发亮了，例如大画廊主，想要的不是想当然的青春或体格或延长寿命，而是"想知道从一个有才华的摄影师眼睛看出去的世界是什么样子"，那种蛇咬入心的妒羡、剥夺欲，然而又浪漫诗意，也有这么邪恶的无邪感。

后来我想，《逃出绝命镇》大受欢迎，并不只是因为它执行与演员表现很好（的确是很好），也不是因为设定有点新奇（前面也说过这不是第一个），恐怕是投射了这时代的我们对"随时准备要表演""随时准备看／被表演"等事无意识的疲倦与抗拒。这时空对各种戏剧化与角色设定的沉迷终不可回，故各种看似明照之事，一次一次在最终给我们仍是另一种雪盲。如果不时时发力抵抗（不拿沙发抓破出来的棉花塞耳朵），非常容易被绕进一个半推半就的人我脚本里，最后自己都相信了。然而抵抗可真累真难啊。我想这时代的人际关系就是绝命镇，不断互相意图覆写或修改别人的脚本就是绝命镇（例如，山难归来的梁圣岳因未能表演出一个"电影中应该出现的幸存者／男友"，所招致的舆论后果）——我们愈来愈活在一个交换符号与象征而不是交换身体讯息的世界，我们渐渐以表演来追究现实，以虚拟丈量现实。所以这故事真正恐怖的部分在哪呢？在它是电影，它的表演在杀青时就解除，而且主角最后逃掉了，然而我们逃不掉，而且只会一天比一天更逃不掉。

近人情

后来怎么了？

一九九七年我安装了人生第一部个人电脑与拨接网路，CRT 显示器上可看见浏览器 IE 3.0，电子邮件软体是 Internet Mail and News 2.0（Outlook Express 的前身）（你没听过 Outlook Express？）（……OK，当我没说）。

很奇怪，至今还记得这细节：电子信箱设定完成，我按下软体界面的小钮"Send and Recieve"（收发邮件）。然后又按一下。然后又按两三下。虽然非常明白五分钟前才成立的电邮不会有任何讯息进入。我等待什么呢？没有什么好等，又像什么都等得到，或许那时的确隐约预感了一个从未相识的时代要冲进来，将与它相杀相爱，切肤切齿，有时酸麻，有时疼痛，电流啪嗞啪嗞，让我们低着头走路，让我们独自露出恍惚微笑。

而后来怎么了？后来信箱地址大多废立无常，直到十年前固定于轻便的 Gmail。后来，每天必须开启它，每天逃避开启它。曾有很长时间醒来第一件事是启动电脑上网，又变成检查枕边的手机，新的讯息、新的推播带来新的爆点，激发新的意见，导致新的掐架、新的谎言，产生新的发展，收到新的讯息……后来我发现这无非日复一日。

日复一日的新就不是新，日复一日的追逐反而更接近滞留，此时再谈网路生活，感觉就是老夫老妻。时间已进行到大多人醒着时刻已无可避免都在"线上"，几年前我为了控制过度外溢的沟通管道，停止使用即时通讯软体，不急的事写 e-mail，急一点在 Facebook 上找人，更急打电话，其实够用。我渐渐往后退。

何况全城热话早就无关线上，已经重回路上，唯有鬓毛虽衰乡音无改的同一群人，十年前在印刷纸上批驳青年人沉迷网路是务虚、颓废、身心不健康；十年后倒算已知上网，不妨换到网路上继续批驳青年人务虚、颓废、身心不健康，至于青年人做了什么一向并非重点。当然这也是个证据：连这些儿童相见不相识的人都已习惯，代表它的确是洗尽铅华，家常了。好莱坞电影也无意识地记录了大众投向网路的视线轨迹，例如一九九五年《网路上身》，不算佳作，但呈现了关系之初的猜疑，小题大做，刺激妖媚，后来有了情甜意洽的《电子情书》，后来又有《骇客任务》《全面启动》，表面曲折华丽，但论人类意识与网路之间关系，更像肉体与震颤之情终于平淡的伴侣，多年后一起参禅打坐。

我们这辈人的人生到此，大概刚好被网路普及的时间点切成一半一半，醒醒地目睹了一整个创世纪，也醒醒地看见天上烟火飘覆成日常风土。我曾认为网路及其各种创造是史上最浩大的奇观，我现在依旧这么想，不过就像各种美丽的爱，在改变一切后又像是什么也改变不了，曾富有许诺的童话终于还是成为闲话，也不是幻灭，就是朴素地觉得，喔，是这样没错。关于后来的事，多半是这样没错。

宝石的时刻

精灵宝可梦（*Pokémon Go*）在台湾开放第一天我马上就穿上短裤与步行鞋出门。在住家附近绕来绕去，有次一个转弯，倏地出现蛋形翡翠戒面般的小公园，以前都不知道有它，几乎怀疑是小说家刚刚一秒前才故意栽种在角色面前的一座恶作剧。

在众多贤达坐冷气房痛心疾首对宝可梦发作高谈阔论之时，我如此一面掉汗，一面经历各种这样的宝石时刻。

台北的巷子丝缕纷纷血路脉脉，于其间移动，常觉得自己是携带了什么物质的小细胞，有了去修复去抵御或去疏通氧气的方向，心情都健康起来。因此我喜欢这些令人不忧虑的通道，是时代最后的现世安稳，空间的委婉修辞，又不莽撞，玉髓一样地蕴藏。

何况宝可梦也经常出现在这里而不是正颜厉色大路朝天的位置。

过了几日，我和一个朋友经过一条虽然名之为街，其实也颇隐秘的巷子。它长也不长，无非两根烟的距离。短恐怕也不短，能透过两根烟说明的事物其实还不少。

不过当天我们很疲倦，没有人抽烟，没有任何交谈，我不知朋友是否因这沉默心生尴尬，但我的确觉得竟日言辞已经太累，语言术也比不上最普通的脚步。

在那个夜刚刚屏住呼吸渐渐要往深处下潜的时间，巷子不该空得只有两个人经过，完全不知为何如此。两旁人家同样什么声响都没有。或许也有，我只是没听到。

立秋过不多久，月亮的日期还没满，路灯的光线如银茧抽丝，微小婉转，行走其下我觉得自己头发都要白了。

一只三色母猫如同场景设计般完美地站在围墙缘上，见到人发出甜蜜而没有希望的喵喵喊叫，一路随我们高高低低地走，要伸手摸吧，也摸不到，不摸它又亦步亦趋，哀怨紧急。朋友说："我把它弄下来。"我本想阻止，没关系，不必勉强，随它去，但也没说出口。猫此时倒是终于飙空扑到地面上，在我脚边软倒，我顺顺它的脊梁，如此一来更是如泣如诉得不得了。

朋友静静站在一旁。他非常年轻，写的东西非常暴戾，像随时有手伸出掐人窒息，但现实中神情光洁，是个沉静的人。其实比较合乎世间礼俗的方式是我应该在这段时间好好和他聊聊他的作品，无关指导，连给予意见都谈不上，就是聊聊，帮助身处某个关卡的人打开破口，让一些制造不稳定的密闭液质稍微流出来。这是比较有年纪的人存活下来应有的代偿。

但我也并未如此做。总觉得与其让他日后不出意料地证明局外人说出来的道理都很废，不如就无语到底。摸猫。

我站起身，猫恋恋不舍跟了一段，谁知见我们直趋巷口，居然果断转头走掉。真是如梦初醒。

大马路上车声汹汹霓光扑面，我们也像那猫一样忽然睁眼，抖抖皮毛，该买烟的去买烟，该回简讯的回简讯。简讯回到一半我才想起：刚刚怎么没在巷子里打开宝可梦游戏呢？会不会错过什么好东西了。

不过，我从不认为，人的生活里有什么事不值得遗忘，不值得错过。即使是玩宝可梦。就像写作可以痛心疾首高谈阔论，但它永远不会是痛心疾首高谈阔论本身，就像事事若以宏大为念，反而适成其猥小。

关于未来，我没有什么希望谁必然记得的事，没有什么一定要提供的道理，但如果我能选择，我愿意记得小巷子与其光线，光线与其沉默，沉默与其步伐，步伐与其没有说出口。它们的永恒性质正建立于符号未曾介入，当全世界都移动，它才能在那里保持宝石的时刻，保持万物有梦的时刻。所谓文学及其种种……其实真正存在于这里吧，并不存在时间表说明书或者语言术本身，我们只能削尖了性质其实还是太粗重的文字，尝试更精细地指出它的位置。遗忘不那么坏，记得有时僵硬可怖，如果我一定要记得，我只愿意记得这个巷子的宝石时刻。

中年只是不可能

其实我自己是中年人，就知道中年只是不可能。中年是日日都在救死扶伤，收拾善后，但救时明白救不了，扶也只能扶一秒。中年做任何决定都像在决定整个下半辈子（然后，每个决定都被业力纠缠）——即使只是午餐吃什么。而没有一个三十五岁的人还能心无挂碍地点烤肋排、薯条与啤酒。没有。

"你可能有一颗年轻的心啊"，但"年轻的心"始终是个假命题。修辞太容易，大家都拿话头当真，你当然可以穿得入时，保养很好，你可以都知道他们在看什么买什么玩什么听什么，懂他们的习惯懂行话也能聊，你们可以是同代人，但永远不会是同一代人。因为成长时空太重要了，太具有决定性了，彼此完全是抽象或者工笔、铅笔或者油彩的差异。不管自己觉得自己多年轻，最多也只是"自己年轻时的那种年轻"，最终还是旧的年轻。

故每每看到以"跟年轻人没代沟"自况自豪者反而觉得坐立不安——哪个少年人会管什么代沟不代沟的事呢？我甚至猜想他们根本不使用代沟这种词汇了。但不要误会那为他尴尬的感觉不是因年纪，而是，这活得多么不自在呀。其实说到底年轻是什么呢？年轻就是不在时间的序列里，它无法想象老是什么，也不明白幼稚。年轻目中无人，即使什么都没有都本能知道手上大把有筹码，所以，当意识到"世上有一群人，是年轻人"的时候，并因"自己跟他们很接近"而自豪，那真是很不年轻的心情。但若有一个人，你看他对自己的老理直气壮，反而觉得这真年轻。

又或者说有次我去某个大一班级课堂上做一个小谈话，我说到所谓斜杠青年这件事，结果大家全部不知道那是什么。那瞬间我就笑了，就知道所谓斜杠真是我们这群刚好在时代里两不着落的中年人，发明出来安抚中年危机的东西了。还自己说自己青年呢。

人类前途堪虑

01

两点半过后房间窗外忽然有讲话声（是啦，真的是人，我伸头出去确认过了），两个老姊妹站在人行道上聊天，大概其中一个送另外一个叫计程车。到底讲什么有一点距离也听不清楚，就是几个音量提高的关键字如"凭什么（后面听不到）""以前（后面听不到）""不过是会（后面还是听不到）""哇……（后面没有句子）"偶尔往上飘，大概也不是什么高高兴兴的事。

克服不了的酸怨与苦恨，觉得自己无论如何被亏欠了，即使过了年吃了糕都还是克服不了，人就是这点贱。她们也不是特别大声，日常就是这样，只是没料到街道传音效果这么好，台北的除夕夜又特别静，因此楼上的人躺在被窝其实都听见了（还爬起来往下看了几眼）。不过就算听见，也是爱莫能助。人就是这点悲哀。

后来则是"砰"一下的钝声，这次是车（门）。

虽说安静下来也好，毕竟都三点了，但迟迟弄不清楚她们恨些什么或有什么好恨又觉得扼腕。人就是这点无聊。

02

我们的眼睛不曾被设计来承担如今这程度的劳动，脑部在短短数十年间也来不及进化到足以处理如今讯息哗哗灌入的流速与流量……其实，我们的情感与情绪，在今日质地黏稠如石油的社群生活，也是难以支应的吧。漫长历史里人类一直是身处不同的光谱与小圈圈里的，这些小圈圈们往往扞格抵触、格格不入，而圈圈与圈圈之间共享的少数节点成员，是极为缓慢无意识地制造着衔接与缓冲，或者互相融解的可能性。不过此刻环境，节点反而是促进各种圈圈全在一个空间里几近粗暴地快速摊平，叠合，最终彼此对彼此大多只能有各种擦撞与硬着陆，彼此身不由己地成为互相揉进眼角的一粒沙，撞上彼此的邪，可谓我见您老如见鬼，料您老见我亦如是。

最近，渐渐有人怀疑起这时代沟通的可能，我也怀疑，然而并不是什么善恶的道理，单纯是我们的情绪从未被训练在这种黏胶之海中跋涉。这黏稠的人际膏态大概也解释了当代的厌世动力学：每天张开眼睛，视野里都是各种（过去的人类们通常看不到也不需要处理）的攀比或者不喜欢，也只好厌天厌地厌自己。至于饱胀吞不下还得继续吞的结果，要不就是大费力气地消化，要不就是撑伤了导致不断地呕吐。我想自直立行走以来恐怕也是没有更可怕的人心修行场了。

03

所谓幸福是好东西但不是好东西，像所谓好人当然不是好人。因为幸福从不择人而事，它们捡到篮子就是菜，它们去来没有一点原则。后来我对"追求幸福人生"的想法感到保留，因为那近似于追求某种没有格调的事情（不要再说幸福掌握在自己手里了，你我他都知道根本不是，你觉得掌握在手里只是因为它现在没要跑，不是你握得好）。想到幸福若也去世上某些人的家里，也来造访你，难道不会想蹲在莲蓬头底下热水直冲四十八分钟后全身猛喷酒精吗？但当然我们通常是无法那么有出息将它拒于门外……说到底人类是不可能平视幸福如友，或甚至拒绝与其为友的，而更接近佃农远瞻领主（所以贵人对隔壁老王的偏爱总是令人加倍地不理解与不愉快）。不总是有这样的说法吗？如何让厌恶你的人啮指难眠，就是让他看见你的幸福（其实只要表现幸福貌，也可以了）。幸福离不开恨。

或也接近小说里仰人鼻息的穷苦人与阴阳怪气的富亲戚。"老刘老刘食量大如牛，吃个老母猪不抬头"，人类全是刘姥姥，但做些宝黛钗的梦。再傲慢的人都不可能不去趋奉幸福，实在没有比这概念更能提醒人类之低与小、人类之多少恨了。

04

恩不如仇的时候太多了，导致为善要非常小心。特别是在两相悬殊的处境中，最好不要进入私人的一对一的关系，非常容易激起嫉恨怨怼，是水坝的原理：落差制造动能。人无法同时处理感谢与嫉恨怨怼两种极端悖反的情绪，长期无法自我安置，可能会产生极端的作为，这是为什么由无机的机构代表介入比较好，而介入是一种专业，不是"做爱心"。换另一面来说，有机会有能力拂人以惠泽者，或许也以"你记得也好，最好你忘掉"，光速走开较好，与其说这追求的是清高，不如说是持盈保泰。不过有时候，也有一种情境，略施小惠，即愿对方一生念兹在兹，社会颁发好宝宝贴纸，如果不得此意，便心中生恨，反恩为仇……哎，如果是这样，不如一开始就把那些资源拿去买香蕉自己吃了算了吧。

05

对于在世者而言，死亡的伤害其实并不来自逝者物理性的丧失。如果谁死去，只是大家彼此看不见，却能常常驱动电波与你收发简讯 email 什么的沟通无碍，那就像是对方出国了或正在进行太空任务一样嘛。的确还是遗憾、不便、伤感、难受的，然而不会让人心碎。

死亡的悲恸核心在于诉说的永断。精神与精神的连结状态突兀地唰一下被撕开，情感与情感之间运送资粮的隧道崩塌。死亡的悲恸核心不是"一个活人就这样没有了"，而是很素朴的"什么都不会再知道，什么都不会再让我知道"。沟通与沟通的可能性没有了，对方的各种猜想揣测也从此发动不起来。

我们之间不会再更好了，我们之间也不会再更坏了。人与人之间任何希望形式的绝灭状态。非常地黑。只不过，进化这么久，我们对与同类相互连结这件事的执迷依旧不悟，也是觉得人类前途堪虑。

喜欢说明书

　　喜欢难定义。想起它不免也想起爱，以为是孪生，其实隔行如隔山。比方说，如果没束手无策爱过一个很多时候你不喜欢的生物（例如：每天尿在你枕头上的猫），那就不算爱；比方说，如果不曾体验过喜欢却无关于爱的瞬间天地宁静，那也不算明白了喜欢。

　　爱像蒙眼的豪赌，大赢大输，不必多说；喜欢像储蓄，每一件小小的喜欢的事，都得以在生活的无以为继之中，滚动成资粮。

　　所以不要再相信"喜欢是浅浅的爱"或者"爱是深深的喜欢"，说得好像喜欢只是次级品，入门款，都不知道喜欢当中的清净多矜贵。喜欢是衣橱里一件永远白的白衬衫，春夏秋冬，都在那里。世界没有永动机，但喜欢就是人类内心原始的永动机，好好保养的话，应该可以一直飞。

随心组装，不要参考别人的设计图

你知道如何"第一次弄坏你的喜欢就上手"吗？就是按照别人的设计图，组装你的喜欢。你每天醒来已经太忙了，接着还有更多人忙着教你怎么忙：喜欢这样的吃这样的喝，才算对；喜欢那样的穿那样的生活，才算好；刷完一则新闻，马上被推送"你应该会喜欢另一则"。

或者经常被恐吓一个人应该要喜欢读书，或者应该要买某本书，如果不喜欢就是文化界罪人、出版业杀手；又或者你不喜欢某种音乐，某张专辑，就是不懂事。言而总之，处处小老师，各种高大上。

但其实拜托你放心。你没那么罪恶，他们也没那么圣母。喜欢只是喜欢，喜欢没有应该。对，你喜欢一部脸书上所有人都说烂的连续剧，那又怎么样；对，你不喜欢那部得奖电影，那又怎么样。你不喝红酒，你不懂咖啡，那又怎么样，肝指数过高错了吗？

当感觉到强硬、感觉到僵固的时候，你几乎可以完全确定这态度本质上就与喜欢、真正的品味都无关。而跟恐惧，跟不自信，跟支配欲有关。

喜欢是我们最后的诚实，最后的本能，与最后的正直。例如喜欢一个人，当然是因为对方有些好，但如果只是因为那些好，那些聪明或那些慷慨，那些古怪或那些漂亮，那些羡慕嫉妒或那些人人称赏，你是否应该即刻现在马上离开对方。喜欢不会是一种规格。但当然我们也不能说青睐于一无是处者才叫真……那亦只是成为另一种迷障。

所以喜欢说来普通，其实这么难，比爱难，比厌恶难。它原本应该是不问其他的一种本因，如一粒麦子落入地里，在人心里却经常是种功利条件结出的果；然而，若坚持指摘它只是这样一枚毒树的毒果，剥开来看，其中难免也有些说不明白的种籽梗在核心中。而执着于其纯净的人，在世上往往成为失望的人、忧烦的人、受苦的人。

因此有时也见到这样的事，反正就屈服于那困难，直接把自己的喜欢卖出去，当作购买品味与认同保单，很像老鼠会[1]，真想向他们征虚荣税。喜欢原是一种安装在心脏时，能让它跑

---

1 老鼠会是"金字塔销售计划"的一种俗称，属非法多层次诈骗传销。

起来飞起来，或者旋转起来的装置，因为世界上没有一模一样的心（即使双胞胎也没有吧），所以也不会有一模一样的组装方式，如果照本宣科，将别人的机器安装在自己身体里，难免堵住不该堵住的气孔，不自在是小事，人可能会坏掉，那是大事。

重复操作，效果更佳

喜欢不需要学习，不过需要一些练习。某个年纪之后的衣柜，打开来都像同一件白衬衫，仔细一看可能还真的都是同一件白衬衫。不要小看这单调，往往是许多练习的结果。最细微的剪裁差异之间有最富丽的斟酌。

每天同样一家早餐店的蔬菜起司蛋，在同样的便利商店取出一罐同样的饮料。固定的牌子，常去的餐厅，反复重读了这本书，一再回头了那部影集。重复未必是少于尝试的结果，有时候重复是对自己的感官终于有把握，是直觉为你省下冤枉路，是弱水三千取一瓢。

喜欢经常有仪式性。小时候不都这样子，一本童话故事集里最喜欢某一则，或者摇钱树，或者糖果屋，或者小黑三宝（老虎都变成奶油啦），或者桃太郎，有时候给小孩子讲床边故事的父母快要疯掉，同一只恐龙已经跟妈妈走失一百二十次了，同一个虎姑婆已经被油炸过两百四十次了，我们在重复的造访之中渐渐与自己团圆。"知道自己喜欢什么"，陈述很平淡，然而充满觉察。常常让自己处于"正在喜欢中"的状态，比较能喜欢自己，那么，喜欢里不免都有的小小杂质，一点点孢子，便不致繁衍出饥渴，酸化成嫉妒——否则掠夺的爪牙冒出来那一瞬间，就永远失去了喜欢。

运转时会产生电磁场

不喜欢就是不喜欢。厌恶气味强烈，恨的能量大（有时候根本世界最大）。但不喜欢的状态是种没电。没电是怎么样呢？跑不开，转不动，没声音，吃不饱。推一步结果退两步。没电是灯点了也蒙蒙不亮，话讲了也惘惘不明。

例如说谁不喜欢巴黎？很奇怪我就不喜欢，也知道确实很美很深邃，去了看了走过了，又去又看又走过，每个窗景都如电影与明信片里撕下来，那样地理想，可是做人好难，客观的知道与主观的想要中间迟迟无法有等号。做人真的好难。

过日子大多时候是不插电的，所有位移来自惯性摆荡，望前程留后路，外力从那一头逼过来，从那一头弹回去，轨道渐渐形成，久了身体也看不见，身体就是轨道本身，走成一条路的人，有时自己也将成为平坦。

这时有着一点喜欢的日子就像有电，有了起伏，看见一人一事一物，觉得世界上有这人这事这物很不错，并不呕心沥血，或许只是一点好感觉。喜欢不是发电机，不过四号电池跟线圈就足够制造电磁铁，不小心掉下去的，还不想松开手的，让它轻轻地吸引住，暂时不坠落。

兼具救生功能

许多时候厌世反而因为爱。厌世是对人间事物还有信心，甚至是一直相信，可是一次一次不出所料地被打脸，所以才厌倦了。与其说是厌憎世界，不如说是厌倦自己学不会教训与无能为力，厌倦自己爱了不值得爱的事。追根究底厌世也不那么厌。笑一笑，没讲话，才是终极厌。

若对世界很有爱，就常常收获苦，然而喜欢不会，在生活随时翻卷的海波浪之上，那一点喜欢成为救生圈，让人在陷溺时，被托起来。

喜欢早上洗过脸后，把脸埋在毛巾中间很久，很久很久。

然后喜欢刷完牙后，舌头沿着清洁的齿面舔一圈。

喜欢在百货公司门口有个好人替你拉住门，你也替下一个人拉住门。

喜欢许多年之后知道，曾经的一念清凉确实有好结果。

喜欢风和日丽时行车，一路都是绿灯。

喜欢在很远的距离不抱希望地往垃圾桶掷一个空罐，居然应声而入（都准备走去捡起来了）。

明明都是一些可以有，也可以没有的事情。但正是那些在时间宝贵工商社会里没有也不会死（甚至，没有反而活得比较好）的细微蛛丝，最后垂坠而下救人一命。例如随机的善意，例如偶然与巧合，例如在一个万念俱黑的日子，家里的小动物，偷偷摸摸，又傲又娇，跑来睡在腿窝里，待你们又醒来，太阳再次升起。

请善用扩音装置

喜欢最好有一点声音。你所拿到的组装包里必然同捆附带外接扩音装置，不过许多用户选择不安装。这也是非常合理的。毕竟各种零件安装的位置实在跟心脏太靠近了，心搏的速度被听见也实在是太暴露了。

不过毕竟音量可以调整，喜欢吃什么，喜欢怎样的生活，喜欢被如何对待，如果心有好恶，合理地产生音量，合理地为人所知，是很有礼貌的事，反之，若期待别人在静音情况下通灵预报你脑中的天气，觉得那才叫心有灵犀，会不会有点太中二了呢。确实，适当地发出声音，有时非常困难，然而那能够让你成为优雅的大人。所谓大人并非必然是自我背弃或者堕落的。

喜欢的声音不一定要轰轰作响（虽然你若想要震耳欲聋程度，也没什么不可以），听得见就好。听得见是个非常巧妙的位置，例如，认为哪个人蛮好，就让对方知道自己某些部分是为人所欣赏的，不觉得这很有意思吗？而那中间一定有个刻度，是对方轻松地听见了，你也轻松地出声了。

同时，那细心为喜欢斟酌音量，前后调整的动作，难道不是比喜欢更喜欢的一件事吗？

行进路线偶尔偏执，无妨

早上，进入办公室，坐下，拉抽屉。将每日用的铅笔取出，一支一支排列在案。

一支一支削，削得很尖很漂亮。

一支一支，再收起来。

每天晚上站在橱柜前，将灯光打开，一件一件擦拭玻璃与白瓷的器皿。

一件一件将器皿的角度转正。

也有人乐趣是计算硬币。

也有人乐趣是绕着圈圈奔跑。

有一段时间许多人的乐趣是着色画。控制、沉浸与填充。

喜欢之中必然有偏执，必然有不能解释。金庸的中短篇《白马啸西风》有这样一句话，"那都是很好很好的，可是我偏不喜欢"。堂正的东西一向很好，可是稍微斜的或者稍微邪的，稍微暗示崩坏、危险、张力与倾泻而下的才都是不可抗力。最能迷惑人的五官很少完美平衡，通常显得哪儿说不上来的不稳定……人类的喜欢之中一向有着本能地作死。

喜欢经常是一条被偏执拉得东倒西歪的路，连发音都这样，有时口齿不清地说"许慌你"，听起来更是喜欢的最高级。那"慌"仿佛莫名地歪打正着了位置确实不在胸腔正中央的心，喜欢总是慌的，我懂，喜欢总是慌的。

生活之骰偶尔掷出这一面

01

　　繁简转换的粗糙有时不忍卒睹。例如"沈香亭北倚欄幹"（我不需要知道各位行事的方位）；"斜倚欄幹背鸚鹉"（这么忙，耍杂技哪您）；"长倚欄幹看白鸥"（还在忙啊，可专心点吗？）。[1]

　　有时也喜感且诗意，例如"理性麵""感性麵""道德麵"。[2]

　　至于"干面"则大概完全是闲得发慌。（or so called food

1　"干"的繁体字有"乾""榦""幹"三种，此处应为表示栏杆的"榦"，误转化成表达动作的"幹"。

2　此处误将"面"转化成表示食物的"麵"。

porn.) [1]

02

具有电视的公共空间里，某电影台在广告时间插播购物广告，广告中过气连续剧女星力赞该产品之视觉美："不漂亮的东西是不能进我家门的。"

路过电视底下的阿姨抬头："但明明最丑的就是你。"

众人以目光致最敬礼。阿姨御风而去。

03

最常听 Zero 7 的那几年我住在稍微趋近山的位置，道路上楼宇沿线渐垂，捷运拦腰围来，无数小房间，一个小房间，天气当然一向是均匀，也要张伞，也要添衣，也要抬手遮眼睛，然而很奇怪，时间究竟做了什么？许多年后每次再听，就

1　直译为：食物也色情。在社交网站上，被命名为Food Porn的"食物挑逗照"已成为一种现象。

觉得它都是雨。满满都是那几年的雨，那几年的夜，那几年铁青低温的路灯，整条柏油路脸上总是覆盖一整片碎如玻璃屑的水。当时也确实，是会让水这样柔曲滑溜的东西，都破碎如割。也还以为我都不记得了。

04

我一直没接到诈骗电话。是没接到，不是没打给我。有阵子，我的手机会在凌晨三点多振动，或四点多振动（我不开声音），"未显示号码"，不接。后来好几次，变成凌晨五点多打来，这次显示号码了，不认识还是不接，google查一查，接过这号码的许多人说是诈骗，其中也有人说半夜接到时糊里糊涂，判断力下降，差一点就上当，然而最气的其实是被吵醒。我睡得晚（也可说是早……），几点打来都无所谓，但就觉得这做法，怎么说呢，最委婉的评价，也是犯贱，于是在网路上精挑细选了一则极为邪门的声音片段，存档起来，那可不是恐怖电影的罐头配音，而是秋坟鬼唱诗，天阴声啾啾，若在逢魔时间对着话筒播放简直美得人不敢看。

谁知道，自此一发心，就不打来了。

05

讲起小孩子都有的阳奉阴违之事。我弟小时候放学，午后偷跑出门，看大孩子打电动游戏机，这是我妈所不允许的，因此，傍晚回家的路上给车撞了，爬起来看看没事就赶紧上楼（我妈快回来了，被我妈发现偷跑出门大概是比被车撞的致命率更高），也不敢讲。到了晚上，撞了他的那个三十几岁的年轻人来按电铃（当时应该是问了地址电话），问我弟回家后没什么事吧，我妈才知道，第二天赶紧带去医院检查，倒是没有大碍。若说人的后福，并非被车撞了没事，而是年轻人日后真应得到很好的福气。

06

某日下班回家上计程车。"你好，麻烦请到某某路。"

女司机听如此说，就哈哈大笑，拍方向盘。"哎呀！你太棒了！"

"我啊，"她继续讲，"我啊，刚刚想说今天载最后一个客人就早点回家，结果载到你，你上车之前我还在想，糟糕，万一这个客人跑很远怎么办，结果你竟然要去某某路。这么巧！我家也在某某路！乀，抱歉我接个电话——喂妹妹，刚刚你电话怎么没有接？喔，在洗澡喔。没有啦，本来是要跟你说妈妈再跑一趟就回家，结果你知道吗！我刚刚载到一个小姐，她也要去某某路！所以马上就到家了喔……嗯，嗯，好那先这样，拜拜——小姐你说你是不是太棒了！"

"我真是太棒了！"我说。

生活之骰偶尔也掷出这一面。

蛋与墙

觉得自己是鸡蛋的时候

把"母难日"看成"母鸡日"。

觉得自己是高墙的时候

被猫撞到脚。

不是蛋也不是墙的时候

很介意家里没有鸡蛋，每说要去购买时母上大人就劝阻并表示她订购的放山鸡蛋就要来了，就要来了，礼拜三就要来了，礼拜六就要来了，下礼拜一就要来了。但一直没来，终于有一天我哭喊已经两个礼拜没有吃鸡蛋，于是善心人士到我家时，就可怜我而买了鸡蛋来，黄母见状："我早上也买了一盒蛋！毕竟蛋不知道什么时候来啊。"好的，这样我有二十颗蛋可以吃。

而正如各位所预期的：就在次日，那一箱三十颗放山鸡蛋，便来到了。于是我的冰箱总共有五十颗蛋。有时候，在鸡蛋与高墙之间，我选择自己去撞墙。

跟别人有什么关系呢？

想了一下，我二十六岁的时候在做什么呢，当时好像还真有点二二六六的。那一年我跟几个台大的学生分租一层公寓住着，好像有一段轻描淡写的恋爱，也工作（薪水不高），也考虑出去念硕士（所以尽量存钱），看起来不特别糟或特别好。不特别糟的原因是养得起自己，不特别好的原因是对如何安顿自己这件事毫无头绪。

什么都想做却什么都没做。我一直没有念那个硕士，事实上二十到二十八岁这几年我根本没有出过一趟国，消费也是低限（但那时候就很喜欢坐计程车啦）。这并非控制的结果，因为我的自制力其实非常差，就是茫然而已，除了活着活下去之外一切茫然，连欲望都是茫然。那茫然本身更是一种困局。

所以这是为什么十年后我会觉得任何一个人，在二十六岁的时候，若有一件无伤大雅、不危害任何人但他个人极度渴望的事。他期待。他去做。他完成。在那年纪就够了。

即使外人看起来肤浅平板也没关系。即使他傲慢愚痴也没关系。即使当事人在事后幻灭（或自我感觉益发良好）也都没有关系。

而世界是这样的；世上永远有些你认为胜过你的人，有些你认为不如你的人；永远有些他认为他胜过你的人，有些他认为他不如你的人。往往不可避免在这里头纠缠。我也并没有看得那么开，就只能常常警醒自己这纠缠是十分的没有意思。以前国中模拟考流行一个做法：锁定这次考试成绩相近但排名在你前面一点的同学作为下次考试的假想敌。我一直感觉这太不合逻辑：我的退转或进境跟别人到底有什么关系呢？

每日一早一晚、睁眼闭眼之间，要羡慕是羡慕不完的，要妒恨是妒恨不完的，要不甘是不甘不完的（即使我们读文科已经很习惯被轻贱了），即使你已经是人生胜利组，永远都有一个人看起来比你美满。你看英国王子都秃头了。然而这所有他人的高傲或谦卑、胜利或失败、炫耀或幸运，到底与我自己的退转或进境又有什么关系呢？如果他做的事情根本没有伤害谁或根本与我无关。而如果我花一个小时在一个没伤害我也跟我无关的人身上，很显然我就少了一小时睡觉、看书、玩猫、洗澡洗头、看电视、谈话与吃水果。

　　朋友说他认识一位高富帅，感觉人类好惨啊，有些人一生下来就空降在胜利组，甚至更可恶，全家都在胜利组。当然他有一点开玩笑。不过，怎么说呢，我还是觉得：如果人到中年也在茫然中学到一些事，其中之一，或许包括这个：先天条件真是不公平，不公平到简直是造物恶意使弄人，但它不能决定尊严，而尊严是最深重的修行。

熊的故事与鸡的故事

熊的故事

听了一个熊的故事。

二战时，祖父曾隶属美军合作布建的驻印战车营。驻印期间，他在印缅边界山中拾获孤儿小熊一头，带在身边饲养，熊养大后，相当乖巧，据说祖父驾驶吉普车巡防时，熊常坐在后座随行。

后来，部队同袍为想吃熊掌，将熊毒死。

祖父非常气愤，阻止众人割取。最后，独自开车将熊的尸体载往附近山中默默埋葬了。

鸡的故事

亲戚某，居南方，经商。某年某员工从老家回工厂，拎一只鸡来，说家里养的，跑地，好吃，送老板。鸡是活的，亲戚不敢杀，带回家，养在后院。后院大，鸡自由自在。一日发现引来黄鼠狼，夜夜在草丛外窥伺，只好每天晚上将鸡抱进家里。冬天下雪太冷时，白天也得把鸡抱进家里。三四年后，鸡寿终，孙儿们大哭一场。

长辈某，居汐止，小楼有院。为了新鲜鸡蛋，养六只母鸡。老鹰觊觎，某日，抓走两只。另外四只觳觫，遂不下蛋，日日飞到树上睡觉。越数日，走失两只，余下两只送给邻居，从此无鸡。

另一长辈得知，说，当时怎么不把鸡给我，我拿去养在桃园工厂，话说完，又越数日，走失的两只好像有耳报神，竟然回来了。便装笼从汐止送去桃园。此后，不仅日日下蛋，又获饲主觅两只公鸡为伴，现在，小鸡生了一堆。

辑
六

须
弥
芥
子

如果至今我们还不明白大与小并非两立相对的概念，或不明白"怎么说"比"说什么"更接近叙事者的真心……我是说，这时代大家还缺修辞动情又漂亮的大题材吗？有了Google还缺什么更悲壮雄伟的新矿坑吗？每一天都可以掘出更痛更苦的宝石镶嵌在你的牙齿上。问题在于，为了什么？又关心谁？有些时候那言语伟岸者谁也不关心，他最关心的是别人可曾觉得他了不起，最关心的是在你眼中他是不是很大。这样的人，比谁都小，研究微生物的学问并不比研究宇宙太空的学问更不值，对于全物种，对于地球与宇宙，人类任何的自以为雄大格局，都显得那么可怜。唯有生活中每个微小的降伏心魔的瞬间，能显得那么光芒。执迷膨胀，追捧挺硬，大概阳萎恐惧症。

在这最后的段落，一般被认为需要压轴的位置，我放小事。以此祝福大家，纳须弥于芥子，见芥子知须弥，一生不患阳痿恐惧症。

小小的大事

　　若留心观察 Facebook 上使用者的活动，会发现世界睡得愈来愈晚。十一点还早，十二点正好，凌晨一点锣鼓未歇，全城熬夜，想想似乎是不吉之兆，仿佛来日大难，痛惜最后一点安闲，蜂窝中巧取一滴蜜，今日相乐，皆当喜欢。

　　但真相恐怕只是大家工时愈拖愈长，就只是这种朴素到掉漆的原因而已。

　　从前七点赶公车并不算早，现在十点买豆浆也不嫌晚，有天早上九点多出门，日朦胧眼朦胧，计程车停在红灯口，惺惺忪忪看见旁边水泥旧公寓二楼窗口招张着一幅黑白条纹旗。又不飘动。第二眼才发现是一对二十出头模样的男女蹲在窗框上抽烟，着一式一样的条纹上衣，看起来是棉质家居服，因为并排的缘故，两人身上的图样居然接驳起来。

我想这九成是一对同居的情侣，刚毕业（或刚出社会？），刚睡醒（或刚要睡？），在市中心租了一间靠大马路的套房或雅房（或只是其中一人的住处），租金不算便宜，环境与屋况也不太好，但是很方便。因为房间太小或者其他室友讨厌烟味，想抽烟最简单方便就是开窗，如此几乎半身悬在外头，又格外宜于透气。

他们没有交谈，眼光散淡，漠漠吐出白烟。

但这其实有点吓人，因为那就只是空荡荡十三不靠的窗框，没有铁窗与花台帮忙遮挡，一个重心不稳绝对落楼。所幸两个人长宽高刚刚好，都清瘦窄（如果是我旁边只能填入幼儿），挨挨蹭蹭，你撑我左我撑你右，恰好不费力卡住彼此。当然要是其中一人栽倒，也非常可能直觉回手拉住另一人衣角也一起被扯下去。

二十几岁的身与心常常真是一座窗就轻轻框住了；二十几岁的坠落，高度似乎也差不多就是二楼，当然十分疼痛，却还有一线生机。不过当我想到该拿手机拍下这一幕时，路口即刻变灯。正是赶路时刻，车子急急往前开走。

二十几岁也是这样，一个发呆，就过去了。

那一整天我就在外头瞎打转，傍晚又去另外地方，又遇红灯，车子这次停在市立高中门口人行道公车站牌旁，台风还在海上但已经把夕阳撞紫了，下课时间的学生各个脸色也不太光亮，零零落落站在那里好像被谁一把甩散在人行道。但那一个男孩与两个女孩等距围站的组合很显眼。

不对，其实客观来说他们分开来看并不显眼，因为都还七角八棱的没长出样子，像蝉蜕脱到一半有点尴尬，当然绝不丑，但也不是好看到眼亮，他们对话的样子实在有趣：两个女孩同样头发长长盖到下巴，同样直直盯住男生的眼睛，她们很显然在持续地七嘴八舌地问问题（绝对不是数学或物理考卷的问题），看她们的表情这问题并不严重，有点无关，但那无关背后必然扣住了一种紧要（例如："那你觉得巨蟹座怎么样？"）。所以两个人眼睛里什么都有，恋恋不舍？一点点。试探？一点点。恍惚？一点点？小心翼翼？一点点。都一点点。

隔着车窗当然听不见他们说什么，即使摇下来声音也会被整条街盖住，但我不必听。少女的眼神我懂得可多了。

男孩子白净，脸形方圆，鼻子很挺，挂眼镜，是聪明相，说不定很快的一年两年就变得清俊了。个子不高，不过两个女孩对他讲话时还是要微微仰着脖子。他脸上很淡，也没有不耐烦，但也不专注，带一点点，一点点不是笑意就是漫不经心没焦距的放松，我很少看到同年龄的少年少女在一起时男孩子不带一点紧绷感的。

他眼睛一直望着远方，本来以为他在注意公车来了没，直到计程车往前开动，我才忽然意识：他看的根本是反方向……各种意义的反方向。这时我倒没有想到拍照了，或许因为这不是视觉上的奇观，拍下来并不具效果，这人与人之间流动的纤细的一瞬，动态或静态的影像都难以支撑，这是文字的胜场。

那天我工作到很晚，夜间十一点多才在外面与人吃完饭非常疲倦地回到家，味精太多，口燥舌干，我决定去巷口便利商店买一罐包装茶，门口的凉椅上坐了两个弟仔，身量很单薄，上衣制服白衬衫，底下便服牛仔裤，牛仔裤紧得不得了，讲话声音几乎是刚变声不久还会分岔似的："……是我女朋友自己说要分手的啊，分手是她提的啊……结果分手之后那天又跑来骂我为什么没有很难过，为什么好像什么事都没发生那样，我想说啊不然咧……"也是一人夹一根烟，看我走进店里又连忙熄掉跟进来。我很快拿了冰的乌龙茶结账，只见说话的那个匆忙披上便利商店的制服走进柜台，另一个想必是朋友来探班，就歪在收银机旁滑手机，我本来觉得这真是家随随便便的店啊，转念又想，"啊不然咧？"

何况这个弟仔……他并不是说"我前女友",他还是说"我女朋友"的。自己都没发现。

睡前一次想起了一天里这三件小事,本来应该过眼就忘,却不知道心的哪个机构把它们塞在同一个资料夹丢到脑的办公桌上,我检查一下,忽然就理解了,没有撂下的原因是在那三个瞬间我心里其实都在说同样一句话:"哈啰,我想你们日后有九成可能忘记这支烟、这一个夏天的放学,以及这段打工空档逞强的对话。但你们知道自己正在经历着一件最大的大事吗?你们一定想不到吧,你们绝对想不到的。"

就像已经被世界折旧成这样的我们,还是衰衰的小朋友的时候,也不会懂,那真是件大事啊,青春。大到你随手丢弃了一片小日常都足够盖住别人头上的一整天。但与其说"懂得的时候就老了",不如说青春之所以能成就压倒性的量体,正在于那"不懂得"吧。我躺在床上,一边乱七八糟地想着这些,一边感到很难入睡。胃太不舒服。

"唉,除了我说的大事,还有一件小事,"虽然谁也听不见,我还是又在心里加了一句:"请尽情地在晚上十点之后揪团[1]吃吃

---

1 揪团:约伴的意思。

到饱吧……"

接着，爬起来喝一杯冲泡酵素。没有什么用。

小叙事

也常试着自我分析为什么喜欢这些袖珍玩具，却都似是而非。从前猜想大概是人类本能试拟天神浴银河而小天下的视角，后来又觉得微有出入，因为神或自然的眼光，恐怕从未这样安静不伤害。

为什么将人间事缩小了，就叫人津津有味呢？这点我确实一直想不透。掌心中的水果篮，指尖上的宝绿切子杯，仅是这样描述，就瑰丽不安。小餐桌上有三盒直径如豆透明的小罐子，里面的饼干一枚一枚能取出来分发在碟子里。或许在那当中，许多其他的事，也让人误以为等比例地缩小了，沉思是小蛋糕，伤心是一滴茶，时态安详睡在它的完成式里。

或许也因为很少有什么能像袖珍玩具这样，小蚤一跃越过符号及其媒介物的头顶，简洁地完成了个体于变形中不变形的再现欲望。我常常发现自己摆设它们的方式是很微妙的，其中有些清楚地基于生活的未遂，例如许多的猫，更多时候下意识竟搬来了现实的钢筋，例如把笔电摆在沙发上，冰箱里蔬菜归在第三层……那些是我也非我的细节，游移内外意志夹层间的叙事术，几乎是文学性的。

我买的这些仍属日本 Rement 公司大量生产的工业品，其实手工制作袖珍屋是很有门槛的烧眼专业，许多意义上都是富裕到各种外溢的表现，动画《借物少女艾莉缇》里就有这样一座人类给小人族的赠礼：壁内走电，灯能日夜开关，小炉子起星星之火，玫瑰枝般的楼梯扶手恐怕都是桃花心木，但电影里的小人族们彼此告诫要远离它。同样，若做到了这种程度，我也会失去兴趣，或许那太写实了，墙面与家具间失去氤氲与暧昧，显得像某种胶着于现实上的宏大叙事观：它出于善意，固然没错，却仍然事属劝诱。而在艾莉缇的故事中，落入劝诱的结果，是终要流离失家。

活得像一片口香糖

这是不解烦渴也不止饥的东西，不冷不热又不天然，无所谓滋味，自作自受一点津液，连街路的小食也算不上。事前知道它始终是空虚，事后唾吐无所置用的渣滓，不足称为小物。非食非物，没有什么人，也没有什么时间与场合，必须对这件事认真，永远不必认真，像忽然被鬼神夹入睡眠资料中一层垫档的梦。口香糖就是这样比小更小、比琐碎更琐碎的事，小道中的小道。

偏偏就想讲这样的事。虽然女性谈细琐又质地偏于软的题目，格外容易被双倍地嗤之以鼻；虽然身属一个把强邻黑影当被子盖的地方，还嫌小确幸小确幸地被讥嘲得不够吗？自己都感受颓唐。

然而一切也正是为了它的不当一回事，为了它命中注定面对威势的犬齿咀嚼，为了它本质里一种大费周章的凉甜虚空，为了它有种很小很拮据的柔软与延展；为了它在可观的产值中，包含一种极端的意义上的废。

种种种种，常觉得自己活得像一片口香糖：例如说，就算一觉醒后，再没有这东西，都完全不影响世界演奏它的进行曲吧，《不可能的任务》里的口香糖炸弹就换作一副隐形眼镜，八十年代台湾横空出世的意识形态司迪麦广告改成销售卫生纸也并不违和。个体的命运就是这样的事。

§

像口腔肌肉的抛弃式跑步机似的，口香糖也跟健身房一样彻底表现当代生活闲置与弃置的一面。它的各种丰富都不为提供生存热量而存在，不为味觉的细致审美而存在，不具备烟草或槟榔的刺激性，它最接近加法的两个效果都来自减法的抵消：抵消不宜的体味，以及存在的无聊。特别在于无聊。有阵子我常嚼口香糖，完全是为了找件废事做着，咬牙切齿地对付时间，把白茫茫的分秒嚼出空荡荡的甜；戏剧也常利用这啪叽啪叽做无用功的小细节演绎某类活得轻慢的角色。那是出于无奈的轻慢。挪威哲学家 Lars Svendsen 说无聊是现代人与现代性的"特权"，十八、十九世纪之前，如果不是僧侣或贵族，如果不具备相当的物质与阶级基础，想体验生存的无聊感都还没有你的份。所以人类嚼食药用树胶的历史固然久，但二十世纪开始化工大量生产的口香糖，才完全是这时代众多世人（当然包括我）"吃饱闲着"浓缩的形象代表。

但据说过去五年，美日等地的口香糖销量忽如悬崖落马，一山还有一山低。是大家忽然精神健醒了吗？忽然就唇齿芬芳了吗？好像也没有。新闻报道将其归纳为某种奇异的第一世界现象，"在崛起中国家如中国与巴西，销量持续增长，但已发展的先进国家里，嚼食口香糖的习惯似乎一去不回"，有个羊毛出在羊身上的推论是：口腔芳香用品之变化与发达，侵略了口香糖曾在二十一世纪初达到的最雄强的市场。但我怀疑也有原因是，智慧手机让对抗无聊这事出现更大的精神位移，如果回头参照，例如美国吧，智慧手机在全美成年人口里的持有率，恰从二〇一一年的 35% 直升到二〇一四年的 68%，平板装置由二〇一〇年的 3% 暴涨至 45%。推播、小游戏、照片、六秒影片、新闻快讯、即时通信、社群媒体通知，都是源源不绝虚拟即弃一时口甜的小胶块，无差别堵塞着你有用与没有用的时间，照道理而言，现代人存在的无聊自此不该再成问题了吧。照道理而言。

不过现实中能击退恶的往往不是善，而是更加的恶。制伏无聊的，原来也不是重新绘制意义格线，而是更庞大更擅于装忙的紊乱，是鞭炮般喜气洋洋的索然，资讯抽搐的电脉冲成为它自己的永动机，从此没有最无聊，只有更无聊。

§

吃剩的讯息渣，嚼过的口香糖，令人最沮丧部分在于那结果。变成灰的。僵硬了。光滑浑圆吐出来被指尖捏出脏脏蒙蒙的指印，像销量下滑那样都代表第一世界里小奸小恶、不必发动同情的烦恼。把它黏结在小女生的长头发上、补习班的长桌底下、公园椅子，最烂是计程车门内侧开门把手旁那个着力的小凹槽里，有次这样黏到手上，顿时竟有点开悟似的，好像愈介意双手卫生的人就愈容易招来脏东西。西雅图有个让我感到超级可怕的观光景点，是九十年代以来无数观光客纷纷将嚼过的糖渣黏在一堵街墙上成为猎奇观，七彩十色，刻意为之的牵扯线条，远看是有点像一幅 Pollock，光看照片都令人神经质幻觉出异味或觉得要被传染流行性感冒。这种因人我亲疏体感界线产生的嫌恶心很有趣，乍想理所当然，但绝对不理智，我们总直觉陌生人的体液必然比自己更秽恶、更危险、更多一点细菌，事实却当然未必。科学知识因其客观有据，反而有助于巩固许多不怎么科学的主观信念，似乎是说，人的各种道理最后总会归结成一种没有道理。

像一直吃着每一种口味都有模有样的口香糖。然后又一直吐掉。

这样一说，忽然记起其实也有件这样的事。很久没想起来了。

多年前我与G初识，在市区进行误点的晚饭，大雪沉重之夜，人们都留在家，酒馆整晚又钝又慢像一条冰河，汉堡玉米片卷心菜沙拉吃得人很呆滞，便说不如开车去附近郊山小丘看看雪跟林子。离开卡座时我一边缠绕围巾，一边看见G经过柜台向酒保小声要一片口香糖。

此前他并没有这习惯。那瞬间我脑子有点闪烁，好像知道了什么其实也不太知道的事，暖气烘得我昏头昏脑地就跟在后面接着也讨了一片。

很奇怪，下雪时大自然特别地严肃，星月远遁，鸟兽息交绝游，松树们都立正，天地有迎接的气质。山里许多路段不备照明，必须开远光灯，平时宏亮的光线此时几乎是竭尽全力，非常困难推开一路沥青那样黏稠的黑夜，车子经过又流拢回来。我不记得在那条路上聊过什么或电台放了什么音乐，但记得前后与对道一辆车都没有，记得口香糖一点一点糖质放尽，一秒一秒萎缩成小小的死胶。在舌根作梗，口感讨厌。

因为实在太暗，最后只能遇见稍微开阔的地方就随便停下车，一侧是白雪覆盖的黑林子，一侧在远景中飘飘荡荡是城区一角灯火。半认真讨论有没有可能一只鹿跑出来的同时，也就非常自然地亲吻了。那是彼此认识接近后初次的吻。或许是雪天气也或许是柠檬薄荷留下的嗅觉，一切很安宁，很悠久，很不复杂。如果吻这事也有什么最抵本真的理型（那个世界公斤原器 Le Grand K），那我想这个很接近了。

当然，你大概也像我一样，看见他倾身从酒保手里抽一片口香糖的时候，已经预感 G 决定要在这个晚上亲吻女孩，浑浑噩噩跟着要一片，也是直觉提出了回应。这漫长绸缪的先行。我想，如果当时拿来的是口气清新锭，口含片，或是红白条纹的薄荷硬糖，甚至是时髦餐厅洗手间里常备的迷你漱口水（可怕！），一切就会非常非常地不对劲。必须是口香糖。

看起来，若是一觉醒后，真的再没有这东西，也会有点迷惑怅惘。

日后虽然不是没有一些折腾，再过后仍能做朋友。上次见面，都老很多，虽然还没完全变成渣滓，毕竟大家又是被多咀嚼咬磨了几年，人生的甜分再低了一点。一个中午约去吃了义大利菜，都是香料与蒜与橄榄油，餐后送上来那种薄荷味凉口硬糖，不过是蓝白条纹。我们边散步边拆开来吃，我莫名感到有趣，微笑了，走了一段，拥抱作别，说下次见下次见。

然而这也又是几年前的事了。

我常梦见自己回去那城那国家，剧情套路都是一阵闹乐乱忙半天，等到离开前夕才拍脑袋想到应该打个电话给 G 告诉一声我来了，但已没有时间见面。重播的梦境我一般有自己八九不离十的梳理，唯有此件，不解其意，黏在脑叶夹层，揪不完全干净，放着不理让它自行干燥，又些许不自在。有过的事大多为难，除非像西雅图那堵墙脏得令人生理性地本能起恶心，那么，真可以说吐就吐的，真可以一口吐干净的，其实并不很多。活得像一片口香糖，放弃营养的责任，带着错觉的清新，讲起来好轻好轻，但若深究到底，真正去深究到底，也是不那么容易的吧。更何况，又在这半哀半乐的年纪。

最后的末代将军

　　无意读了一条新闻，说两周前（二〇一八年九月二十五日）末代将军德川庆喜的直系曾孙德川庆朝因心肌梗死过世。

　　末代将军身后儿孙其实不少，不过，是由德川庆朝及其父祖一路继承家系当主的位置到了最后。德川庆朝离婚无子，也曾表明不收养继承人，所以此一家系就此算是断了。

　　新闻照片上的庆朝是穿红色夏威夷衫的潇洒老伯（！），职业是广告摄影师（！！），此外的业余兴趣则非常合于以上形象：自家咖啡焙煎，并以"德川将军咖啡"之名贩售。

　　生前，过着安闲的退休生活，自己给自己做饭。在一个采访里他说："每一个礼拜有两三天，到常去的酒吧听爵士乐，店里寄酒的威士忌酒瓶上，贴着的标签是'将军大人'（笑）。""我是个庶民，对权力或政治一点兴趣也没有，担负全国人身家性命这种事，太辛苦了。"

他的讣告，日本一众新闻网站大约两段带过。大江大海，无非如此。

译名对照表

为尊重原作,本书保留作者使用的译名。译名对照表前为本书使用的译名或原名,后为通译名。

电影名

《东京小屋的回忆》——《小小的家》

《约翰最后死了》——《最后约翰死了》

《以你的名字呼唤我》——《请以你的名字呼唤我》

《心的方向》——《关于施密特》

《神隐少女》——《千与千寻》

《秒速五公分》——《秒速 5 厘米》

《比海还深》——《比海更深》

《无人知晓的清晨》——《无人知晓》

《家族真命苦》——《家族之苦》

《史瑞克 4》——《怪物史瑞克 4》

《潘达斯奈基》——《黑镜:潘达斯奈基》

《一级玩家》——《头号玩家》

《魔鬼终结者》——《终结者》

《乐来乐爱你》——《爱乐之城》

《正宗哥吉拉》——《新哥斯拉》

《酷斯拉》——《哥斯拉》

《大镖客》——《用心棒》

《单身动物园》——《龙虾》

《七夜怪谈》——《午夜凶铃》

《换命法则》——《幻体：续命游戏》

《网路上身》——《网络惊魂》

《骇客任务》——《黑客帝国》

《全面启动》——《盗梦空间》

《借物少女艾莉缇》——《借东西的人阿莉埃蒂》

《不可能的任务》——《碟中谍》

书名

《皇家宾馆》——《皇家酒店》

《冰平线》——《终止》

人名

Pia Farrenknopf——皮娅·法伦科夫

薛丁格——薛定谔

Tom Wesselmann——汤姆·韦塞尔曼

毕卡索——毕加索

川普——特朗普

Jean-Marc Côté——让-马克·科蒂

Jane Birkin——简·柏金

纳西色斯——纳西索斯

李根斯坦——利希滕斯坦

Barry Keoghan——巴里·基奥汉

Evan Peters——伊万·彼得斯

史瓦辛格——施瓦辛格

约翰·华特斯——约翰·沃特斯

艾尔·帕西诺——阿尔·帕西诺

艾玛·史东——艾玛·斯通

Yorgos Lanthimos——欧格斯·兰斯莫斯

欧巴马——奥巴马

Lars Svendsen——拉斯·史文德森

Pollock——波洛克

地名

密西根州——密歇根州

MoMa——纽约现代美术馆

亚利安——雅利安

义大利——意大利

Livorno——里窝那

其他

网路——网络

优格——优酪乳

软体——软件

哥吉拉——哥斯拉

柏金包——铂金包

图书在版编目（CIP）数据

我与狸奴不出门/黄丽群著.-- 昆明:云南人民
出版社，2025. 9. -- ISBN 978-7-222-24049-0

I. I267

中国国家版本馆CIP数据核字第20258L3W43号

著作权合同登记图字：23-2025-079 号

责任编辑：李妍瑾　柴　锐
特约编辑：徐竞鹿　杨　爽
封面插画：朱　疋
设计制作：马志方
责任校对：柳云龙
责任印制：代隆参

我与狸奴不出门

黄丽群 著

出　版　云南人民出版社
发　行　云南人民出版社
社　址　昆明市环城西路609号
邮　编　650034
网　址　www.ynpph.com.cn
E-mail　ynrms@sina.com
开　本　787mm × 1092mm　　1/32
印　张　8.5
字　数　139千
版　次　2025年9月第1版第1次印刷
印　刷　山东京沪印刷科技有限公司
书　号　ISBN 978-7-222-24049-0
定　价　66.00元